DESDE UNA BICICLETA CHINA

DOLORES PAYÁS

DESDE UNA BICICLETA CHINA

Editado por HarperCollins Ibérica, S.A.
Núñez de Balboa, 56
28001 Madrid

Desde una bicicleta china
© 2016, Dolores Payás
De las ilustraciones del interior: © 2016, Gustavo Contepomi
© 2016, para esta edición HarperCollins Ibérica, S.A.

Diseño de cubierta: Lookatcia.com
Imagen de cubierta: Getty Images

ISBN: 978-84-9139-014-5
Impresión en LSC Communications (USA)

NOTA PARA EL LECTOR

Estimado amigo. La mayoría de lo que usted lee sobre China son cuentos chinos.

No corresponde ahora analizar el asunto. Pero conviene señalar la fascinación, rayana en lo mórbido, que la prensa occidental siente por los aspectos más tenebrosos de este país, universo completo en el que hay de todo y todo cabe.

Las noticias tienen siempre el mismo sesgo, jamás son halagüeñas. Abundan los excesos de todo tipo. En un artículo publicado hace poco se repetía cinco veces la expresión «gigante asiático». Esta metáfora majadera goza de mucha aceptación. En otro artículo, también reciente, otra luminaria del periodismo se dejaba llevar por un arrebato lírico y sumaba otra alegoría —esta vez de piscifactoría–, a la ya mentada. La cosa se iniciaba con truculencia: «El gigante asiático extiende sus tentáculos...». Le ahorro lo que sigue a un comienzo tan prometedor. De todo ello se deduce que el Oriente misterioso sigue siendo tan misterioso como siempre.

Existe, empero, otra visión del Imperio Celeste. Una visión cotidiana, desprovista de tanto *pathos* y aspaviento. No somos pocos los occidentales que vivimos y trabajamos aquí, codo con codo con los nativos. Hacemos la compra diaria, vamos de un lado para otro y, en suma, llevamos una vida normal en la que no faltan la convivencia, la amistad y los entretenimientos.

En este contexto, un poco impulsada por el deseo de ofrecer una imagen que equilibre la imperante, otro poco a petición de amigos y familiares, y un mucho por divertirme, me aventuro a contar mis propios cuentos chinos.

Verá usted que por estas páginas corretea mucho expatriado. También chinos, pero en su caso el retrato está algo desenfocado. El porqué es de manual. Los primeros me resultan inteligibles, comprendo sus filias y fobias. A los segundos solo puedo observarlos, aunque sea con interés y simpatía, desde la gran brecha cultural que supone la falta de una historia y un lenguaje compartidos. Vivimos juntos, sí, pero desconocemos los códigos. A veces se da la chispa de algún inusitado encuentro, mas suele ser superficial. Nuestros mundos discurren casi siempre ajenos.

Los expatriados, aquí y en todas partes, se dividen en dos categorías: aquellos que aman su país de acogida y aquellos que lo detestan. Cuanto más carácter posea el país de acogida, más se polariza esta tendencia. A China se le podrá negar el pan y la sal, pero no la falta de carácter, así que por nuestros lares la cuestión adquiere tintes casi histéricos. Los que aman estas tierras se declaran sus adoradores devotos, apasionados. No quita que algunos de ellos, luego del primer fervor, deserten para engrosar la categoría de los segundos, generando entonces una subcategoría: la de los amantes despechados. Ahora bien, los que no cambian de chaqueta y aguantan el tipo sin pasarse al otro bando, son auténticos héroes. Estudian caligrafía y acupuntura. Herborizan, viajan en bicicleta, tragan humos tóxicos que tumbarían a un mutante, asisten a espectáculos de óperas inextricables que no tienen fin. Y se queman las cejas estudiando toneladas de horas de chino para después de siete u ocho años de arduos esfuerzos pillar al vuelo alguna palabra. Conmueve la tenacidad con que estos románticos persiguen la posesión de una amante tan elusiva como es China. Son los sinófilos, la élite de los expatriados.

En cuanto a los de la segunda categoría, esos que se arrastran por entre los polvorientos rascacielos quejándose de todos y de todo, poco hay que decir, salvo que son unos cargantes y unos aguafiestas. Y si encima pertenecen a la subcategoría de los amantes despechados, peor. Lo más irritante es que lloriquean y gimen, pero no se van. Aquí siguen, y lo más probable es que el día en que se larguen padezcan de *spleen*, esa tristeza resultado de imprecisas nostalgias. Al igual que sucede con otros lugares duros de roer, China engancha, se agarra a la piel como un tatuaje. Y Beijing, quintaesencialmente china, aún mas. Sé de otras ciudades, también salvajes y ásperas –aunque por otros motivos– que producen similar efecto. Puede que se deba a su poderosa personalidad, o al esfuerzo que entraña sobrevivir en ellas con cierto donaire. La cuestión es que dejan marca indeleble. Y cuando uno las abandona, cualquier otra plaza del mundo parece después insípida y carente de color por comparación. A lo mejor es una variante del síndrome de Estocolmo.

No tengo la caradura necesaria como para catalogar a los chinos, o siquiera hacer de ellos una descripción somera. Y el occidental que afirme entenderlos miente, o se miente, o peca de petulancia. Salvo contados casos de genuina integración, normalmente por vía intrauterina –literal, en este caso– la adaptación no pasa del ajuste epidérmico. A lo sumo, si el extranjero consigue hablar el idioma, se convierte en un espectador relativamente activo.

Sin embargo, hay algo que cualquiera que haya vivido un rato por aquí puede afirmar sin temor a faltar a la verdad. Y es lo siguiente: los chinos, contrariamente a la idea que Occidente tiene de ellos, son gente vivaracha, con sentido del humor. Ambas cosas, la vivacidad y el humor, suponen un valor importante a la hora de asentarse, aunque sea solo con media nalga, en cualquier pedazo de mundo.

Estuve tentada de calificar estos breves textos como caligrafías por razones obvias. Pero las caligrafías chinas son demasiado elegantes, demasiado bellas y etéreas. Y estos esbozos, aunque ligeros, no despegan de la tierra.

Algunos llevan un pequeño aguijón, pero su veneno es inocuo. No tengo la menor pretensión de conocer China, ni deseo bucear en aguas más profundas que las descritas en estas páginas. Ignoro por completo lo que se cuece en ese descomunal caldero a quien todos —nativos y extranjeros— llamamos el *partido*. No sé qué dirección tomará esta nación, tampoco alcanzo a imaginar qué designios la esperan en el futuro.

El tono afable de mis esbozos se debe también a otros motivos. Simpatizo con el país y sus habitantes. Con los expatriados, porque cualquiera que haya tenido la osadía de venirse a trasplantar aquí, merece de antemano mis respetos. Y en cuanto a los nativos, considero ejemplar la paciencia que tienen con nosotros. Somos más altos, nos creemos más sofisticados (hasta hace poco también más ricos), cobramos mejores salarios y no damos una a la hora de hablar —mucho menos, escribir— su idioma. A mi modo de ver, hay que tener la paciencia del Santo Job para soportar semejante plaga en casa de uno. Los chinos la tienen, y, por lo general, se encuentra más gentileza que hostilidad en el trato cotidiano con ellos. Muchas veces no solo gentileza, sino auténtico espíritu de colaboración. Para quien no ha visitado el país resulta un poco difícil hacerse cargo de nuestra situación. Fuera del *ghetto* occidental, —espacio irrisorio en estas inmensidades—, nos convertimos en seres por completo desvalidos. No importa cuán cultos e inteligentes seamos en nuestros lugares de origen, aquí no pasamos del estadio de analfabetos, por no decir sordomudos. En términos prácticos, significa que la mayor parte del tiempo estamos totalmente en manos de nuestros conciudadanos chinos. Sin su ayuda, sin su comprensión y tolerancia, poco duraríamos. Se dice pronto, aunque no estoy muy segura de que mis colegas expatriados sean conscientes de esta —muy nuestra— precariedad (los occidentales tendemos a la arrogancia de manera instintiva).

En oposición a muchos países y otras tantas megalópolis, China y sus grandes ciudades suelen ser lugares seguros. Raras veces se dan situaciones reales de peligro. Y aún es más inusual que uno *se sienta* en peligro. Cierto que los varones de estas regiones pueden mostrarse hoscos, pero sospecho que es más por un exceso de timidez —casi rusticidad– y temor al extranjero, que no por auténticas ganas de ofender. Y lo normal es que una sonrisa y un saludo amistoso convoquen una respuesta similar en ellos. Las mujeres, por su parte, son –salvo las muy ricas– invariablemente encantadoras y amables.

Así pues, lo que sigue es un divertimento, y además un divertimento cariñoso. Y aun en los casos en que mis pequeños personajes se porten mal o tengan un mal fin, espero haberles sabido dotar a todos de cierto sentido humano y del humor. Lo mismo espero de algunas ideas, reflexiones y apuntes de viaje, vertidos aquí y allá. Mi deseo es que todo ello no irrite en exceso al lector, ya de por sí abrumado por los muchos sinsabores que da la vida.

ÍNDICE

HACIA BEIJING

El enorme saurio se elevó del suelo con parsimonia y displicencia. Como quien no quiere la cosa. Prodigios de la aeronáutica. Ya en las alturas, siguió la misma flema. Pasaron las horas, el A380 permaneció imperturbable. Surcaba los cielos sin una sola sacudida. Apenas se notaba una sutil vibración, el leve rumor de los motores.

Predominaba un aroma floral tirando a empalagoso, olor a planta baja –perfumería y accesorios– de El Corte Inglés. Cosa de las azafatas, una ensalada de chinas y occidentales. Formaban un equipo altamente contrastado. Menudas y de pelo negro, o grandes y de pelo rubio. Tenían en común los peinados inmaculados, los uniformes planchados, las medias sin arrugas.

Hablaban con voz de terciopelo. Y se deslizaban por los pasillos como esas princesas *disneyianas* que flotan de puntillas sobre los mármoles pulidos de sus palacios. Hay pasajeros que las tratan con gran familiaridad. Lo encuentro asombroso. Intimidan. No son humanas, son criaturas celestiales. Buena prueba de ello es que no hay horas de vuelo ni turbulencia que les descomponga el moño. Salvo, imagino, la catástrofe definitiva.

A mi lado tenía un caballero chino. Había hecho una entrada triunfal en Fráncfort. Por razones incomprensibles –faltaba un buen rato para que despegara el avión–, le urgía llegar a su asiento.

Trató de alcanzarlo sin esperar a que yo me levantara para cederle paso. Y quedó limpiamente sentado en mi regazo. Hubo risas, hilaridad en las cercanías. Él no se inmutó. Levantó las nalgas de mis muslos y las desplazó con toda naturalidad hacia su asiento, sin una disculpa o explicación. Como si sentarse encima de mí hubiera sido una etapa natural, prevista en su ruta. Era un peso mosca, menos mal.

Una vez instalado se metió el dedo índice en la nariz, hurgó a conciencia y luego convirtió el resultado de sus afanes en pelotilla. Era diestro y yo estaba sentada a su derecha. La pequeña esfera voló un trecho corto, chocó contra mi muslo y cayó al suelo. Confeccionó otra que hizo el mismo trayecto. A continuación se rascó el pelo negro con fruición, en varios sentidos, en tanto un ligero manto de copos de nieve se posaba en las hombreras de su chaqueta oscura. Pasó luego a ocuparse de las uñas, que limpió una por una. Las de la mano izquierda con las de la mano derecha. Las de la mano derecha con las de la izquierda. Después carraspeó con violencia para desatascar alguna flema que tuvo a bien no escupirme encima. Acabada la serie de abluciones, encendió el ordenador. En la pantalla aparecieron cientos de números, apretadas fórmulas matemáticas.

Quitando los percances escatológicos, resultó un compañero de viaje encantador. Era matemático, regresaba de un congreso de logaritmos —o similar— en Austria. Hablamos alegremente de esto y aquello. Le ayudé a escribir una carta en inglés, él me dio su dirección y teléfono, invitándome a pasar por su casa si algún día me decidía a visitar Guangzhou. Comimos, compartimos vinos de varios colores y brindamos repetidas veces. Pasado el rato de actividad y de charla, nos dispusimos a descansar. Yo abrí mi libro y él se colocó unos cascos conectados al ordenador. Entreví más números y fórmulas. Deduje que trabajaba, dejé de prestarle atención.

Poco después me llegó un sonido curioso, una suerte de murmullo que iba *in crescendo... mmmmmm...* Le observé con disimulo. Seguía con los cascos puestos. Tenía los párpados caídos, balanceaba la cabeza de un lado para otro. Una sonrisa de deleite le iluminaba el rostro. Estaba arrobado, literalmente transportado. Bajé la mirada hacia la pantalla de su ordenador y me di de bruces con los ojos medio bizcos de Kiri Te Kanawa. Tras ella gesticulaba y se desgañitaba Plácido Domingo. Vestuario y escenario españoleaban por los cuatro costados. La soprano llevaba un clavel tras la oreja (le sentaba como un tiro). No había confusión posible. El matemático chino andaba extraviado en los vericuetos pasionales de *Carmen*.

Me trasladé a un asiento de ventanilla. Lucía el sol, la corteza terrestre semejaba una alfombra lujosa, tirada al desgaire sobre protuberancias y repliegues, cumbres y abismos.

Pasada la frontera invisible que separa nuestra Europa del mundo eslavo, se iniciaba un universo nuevo. Bajo el avión se desplegaba una inmensidad desconocida salpicada de nombres exóticos y sugerentes. Kirov, Sverdlovsk, Omsk, Krasnoyarst, Irkutsk... Tártaros de ojos penetrantes, zareviznas de belleza sin par, trineos y cascabeles, correos del zar, lobos esteparios, viajes a los confines de la tierra. Ninguna realidad, por pedestre y sórdida que fuera, conseguiría desterrar la magia juvenil de aquellos nombres leídos en decenas de novelas de aventuras.

Sobrevolamos Mongolia, rozamos Ulán Bator. Llanuras y nómadas, caballos y hombres galopando a pelo. Rebaños inmensos, tiendas forradas de esteras y pieles. Luego, Inner Mongolia, y la China norte. Desde el cielo se divisaban unas cintas blanquecinas que discurrían por bordes montañosos llenos de bosques. Trechos de la Gran Muralla.

Descendimos con la misma suavidad y elegancia con que habíamos ascendido.

El sol se esfumó, de súbito penetramos en una suerte de limbo hueco. Navegábamos en un caldo pastoso y grisáceo, el *smog* de Beijing. Si me había hecho la ilusión de avizorar la ciudad con mirada de águila había sido algo más que cándida.

Aterrizamos a ciegas. No se veía a cien metros. Apenas se distinguían las siluetas fantasmagóricas de otros aviones varados en las pistas. El olor a perfumería y productos de belleza dio paso a otro. Metales pesados, humo, gasolina barata...

Dije adiós a mi vecino matemático, el primer ciudadano chino con el que conversé.

La terminal de llegada era abrumadora, coherente con el país en el que acababa de aterrizar. De las alturas catedralicias colgaba una ristra de letreros. Eran mensajes de bienvenida en muchos idiomas, conocidos y desconocidos.

El español rezaba así:

Calurosos Bienvenidos

PUNTO DE ENCUENTRO
(MEETING POINT)

Al principio se observaron a distancia y con algo más que suspicacia. Eran los dos únicos occidentales en aquel barrio, aún sin contaminar, aún profundamente chino. La mayoría de expatriados tendían a asentarse en las mismas zonas de Beijing. Espacios cerrados en los que llevaban una vida endogámica, muy similar a la que hubieran podido llevar en cualquier otra capital del mundo. Ellos no. Ellos eran, y se sabían, diferentes: dos viajeros aguerridos que caminaban por sendas no pisoteadas. Habían descubierto aquel rincón cargado de autenticidad y, por lo tanto, de *charme*, de *it* y de *quid*, y solo ellos conocían el auténtico Beijing. Naturalmente, ambos lo consideraban suyo en exclusiva. Complicaba aún más las cosas el hecho de que hubieran aterrizado en el barrio casi al mismo tiempo. Difícil establecer quién había plantado primero su bandera. Para colmo, uno era de Buenos Aires y el otro de París, y es un hecho universalmente reconocido que los oriundos de estas dos capitales son la *crème de la crème*, lo mejorcito que da el sistema planetario (hasta nuevo aviso de astrólogos o sonda espacial).

Se ignoraron largo tiempo, sin descortesía pero con un puntillo de altivez. Parte de su deseo integrador consistía en eludir el trato con otros occidentales. Ni el uno ni el otro se veía a sí mismo como expatriado convencional, sino como el producto auténtico, un pionero con firme voluntad de arraigar. Tendrían más o menos la misma edad, rondando la treintena, ambos solteros. La falta de ataduras y obligaciones familiares allanaba su conversión al mundo chino. Invertían muchas horas, dinero, y energías en el asunto. Habían contratado sendas maestras de idiomas, se esmeraban con la caligrafía. Cuando enfermaban evitaban a los médicos recomendados por sus respectivas embajadas. En su lugar ingerían extrañas pócimas salidas de las antiguas farmacopeas, esas cuevas de Alí Babá en las que ciertas plantas, setas y raíces de formas esotéricas pueden llegar a valer bastante más que su peso en oro.

Porteño y parisino sabían de la existencia de otro occidental en aquel mismo barrio. Era un hecho insólito, y cuando menos debería habérseles ocurrido que quizá compartieran intereses y aficiones con aquel otro intruso, por molesto que les resultara. Pero sus respectivas misiones no admitían demasiada distracción. Dicho sin eufemismos: tendían al ensimismamiento.

Vivían en uno de los viejos *compounds* de Tianjheu. Para quienes desconozcan este curioso invento del urbanismo igualitario, se trata de grupos de bloques más o menos de seis pisos cada uno, con jardines y espacios exteriores comunales. Los edificios son rectangulares, de color fresa fermentada, con ventanas cubiertas por una especie de enrejado metálico que les confiere aspecto de jaulas. Fuera de los espacios privados, lo que está a la vista es un perfecto caos. Entradas repletas de bicicletas y trastos, chatarra, muebles desvencijados. Todo ello cubierto por un magnífico manto de polvo (el polvo de Beijing tiene bien ganada su reputación: es áspero, gris, insoslayable). Este desorden se extiende hasta escaleras, rellanos y pasillos, de tal modo que cualquier recorrido implica andar siempre sorteando un objeto u otro. Ya se trate de más bicicletas —muertas o vivas— o mobiliario suplementario, ya de pares de zapatos que las familias chinas acostumbran a dejar en la puerta de casa. Salvo raras excepciones —restauraciones para beneficio de pijos chinos y occidentales—, los espacios comunes están más sucios que limpios. No hay ascensor, las escaleras son oscuras y tiran a siniestras. La pintura de las paredes está descascarillada, las grietas abundan. En cualquier otro lugar del mundo, semejante cúmulo de contratiempos hubiera resultado insoportable, pero puesto en el corazón de Beijing era pintoresco y no hacía más que aumentar el atractivo de la aventura. Pues ¿qué mérito hubiera tenido una integración sin sacrificio, sin empeño? A más esfuerzo, más recompensa.

Los vecinos del *compound* habían asistido a la llegada de aquellos dos marcianos sin mover un músculo. En principio, la idea de unos extranjeros viviendo en su comunidad no era algo que invitara a dar brincos de alegría. De modo instintivo, comprendían que había cierta impostura en el gesto. Pero habían vivido calamidades mucho mayores que esta. Durante años habían sido pobres de misericordia, ahora habían progresado. Las cosas evolucionaban, y a mejor. Antes, los extranjeros estaban obligados a vivir en unos espacios determinados por el gobierno, ahora se les permitía alojarse en cualquier parte. Quizá también esto fuera una mejora. Y en cualquier caso ¿quiénes eran ellos para oponerse a las políticas del *partido*?

En definitiva, se limitaron a contemplar las idas y venidas de los dos occidentales con serenidad y una pizca de socarronería. Desde luego, haciendo gala de una impavidez colectiva perfectamente coordinada. A eso, lo de la impavidez colectiva, no les ganaba nadie.

Pasaron los meses, y nuestros amigos padecieron las normales decepciones fruto, en este y otros tantos casos, de la inocencia y el entusiasmo.

Empezaron a relacionarse sin apenas ser conscientes de ello. Primero fue un saludo en mandarín, un *ni hao* casi susurrado. Pero un día en que el porteño estaba más irritado que de costumbre —el cajero automático le había dispensado unos cuantos billetes falsos, lo descubrió demasiado tarde y le costó lo suyo salir del enredo sin mayores daños—, bajó la guardia y a continuación se le escapó un *hello*. El parisino, que ese día tampoco se sentía muy prochino, dejó caer otro *hello*. Los dos pensaron que el otro tenía un acento inglés pésimo, y ambos se congratularon de que el suyo fuera mejor.

Tras toda una vida de psicoanalizamientos y ansiedades variadas, el porteño se había convertido a la ecología y a la *slow life*. En coherencia con ello, se desplazaba en bicicleta. Al parisino, en cambio, ni siquiera el psicoanálisis había conseguido extirparle el gusto por la velocidad. Le chiflaban las motos y se había agenciado una Harley Davidson, versión copia china, a la que cuidaba y alimentaba como a la niña de sus ojos.

Un buen día, los dos hombres coincidieron en el *parking* comunal. El porteño bregaba con la cadena de su bici, se le salía cada dos por tres, y el parisino supo aconsejarle un taller. Aquel breve intercambio con pequeño favor de por medio supuso el salto de una primera barrera. Hubo las presentaciones de rigor y un vigoroso encaje de manos. Se daba la circunstancia de que el porteño había estudiado en un colegio francés. La oportunidad de exhibir sus conocimientos lingüísticos frente a un parisino real le excitó sobremanera. Al igual que otros porteños, llevaba clavada una secreta espina, la de considerarse parisino de segunda. El parisino, en cambio, no tenía nada que reivindicar —le bastaba con haber nacido en el *Xième*–, y en consecuencia no le supuso ningún esfuerzo mostrarse todo lo amable que las circunstancias requerían. La conversación de los expatriados pasó del inglés macarrónico a un francés relamido.

A partir de entonces empezaron a tratarse con cierta regularidad. Solían ir a tomar té en el salón del barrio. Pero una tarde, casi sin darse cuenta, dirigieron sus pasos hacia el *pub* de una cercana zona occidental. Pidieron vino tinto. En la carta se anunciaba como un burdeos y conviene aclarar que lo era: un auténtico burdeos... de China. Afinemos aún más. Sería un burdeos de China pero a graduación no le ganaba ningún burdeos de Burdeos. Se trepaba a la cabeza que daba gusto. Y el agradable mareo ayudaba a alimentar la idea de que el brebaje era genuino. Una ilusión reforzada por la botella. Su etiqueta frontal —escrita en francés— mostraba un *château* de verdad, con torreones puntiagudos, almenas y hasta un puente levadizo con su foso. La acogedora penumbra del lugar impedía leer bien el texto que la ilustraba. Tanto mejor, un análisis más detallado hubiera delatado algunas irregularidades ortográficas muy poco galas.

El matarratas les costó más que un atraco a mano armada y los dos tuvieron que tirar de VISA. Pero el descorche bien valió esa merma en la cuenta corriente, pues significó el inicio de su complicidad.

De modo tácito, sin decisión acordada, comenzaron a encontrarse casi a diario en aquel *pub*. No pasó mucho tiempo antes de que se confesaran los altibajos, alegrías y miserias de sus vidas expatriadas.

Compartían otras cosas, además de aficiones e intereses. Los mundos de ambos giraban alrededor de sus respectivos ombligos. Y al no saber elevarse de aquellos cráteres primigenios, les fallaban distancia y perspectiva. Dicho en plata, cero en sentido del humor. Sus conversaciones eran espesas, enmarañadas, lentas. El alcohol no ayudaba a aligerarlas, más bien parecía ejercer el efecto opuesto. Obsesiones y temas recurrentes volvían sin pudor, una y otra vez.

Para cualquier espectador ajeno se comportaban como dos amigos que tuvieran mucho que decirse. Y es verdad que charlaban sin parar, pero un escucha avispado habría descubierto que cada uno lo hacía por su lado. Eran dos monólogos paralelos frente a una botella de vino. Hablaba uno, y su interlocutor se limitaba a pescar el hilo que pudiera reconducirle a sus propias elucubraciones. Hablaba el otro, y sucedía lo mismo. Y de este modo hilvanaban y deshilvanaban, enroscaban y desenroscaban, sin llegar jamás a un punto de encuentro.

Ambos monólogos empezaban siempre por establecer un amor inamovible por China, aquel país ancestral de cultura milenaria y territorio fascinante. Dos frases más tarde llegaba la conjunción adversativa: pero... Y a continuación seguía la lista de tropiezos y ofensas, las innumerables pegas y amarguras.

Pocas semanas después de aquella primera botella de vino, su relación se había constreñido a un intercambio de lamentos y pesares. Beijing, la ciudad, *su* ciudad, era fuente y causa de toda clase de agravios, pero había uno sobre el que ambos se extendían de modo particular. Este no era otro que el tráfico.

Sin duda hay muchas ciudades con un tráfico atroz, pero en cada una de ellas es atroz a su manera. Hay países con tráfico horroroso pero conductores hábiles, en otros la atrocidad viene dada por un absoluto desprecio a todas las normas de circulación establecidas; en otros está causada por las irregularidades y baches de la calzada, en otros por el excesivo número de vehículos. El tráfico de Beijing era la suma conjunta de todo aquello. Acumulaba los defectos de todas las ciudades y de todos los conductores sin poseer ninguna de sus virtudes.

Dado que porteño y parisino estaban psicoanalizados, tenía mucha lógica que analizaran el problema con un enfoque acorde a tan atrayente premisa. Tras descartar el complejo de Edipo, el de inferioridad –con respecto a Occidente– y unas cuantas patologías más de este calibre, pues hasta ellos se daban cuenta de que aquellas eran rutas en exceso fantasiosas, llegaron a una conclusión nueva, muy excitante. Y aunque cada uno de ellos pensó que la brillante idea era suya, lo cierto es que los dos la tuvieron al mismo tiempo y la enunciaron el mismo día y a la misma hora. Otra cosa es que se escucharan el uno al otro, cosa que no hicieron.

Lo que sucedía, proclamaron a dúo frente a la botella de turno, es que en China no existía cultura automovilística. Hasta tiempos muy recientes todos los chinos sin distinción se habían desplazado en bicicleta. Y ahora, de súbito, les habían puesto coches –grandes, nuevos y aparatosos– en las manos. El resultado era que los conducían como si fueran bicicletas, de ahí los bloqueos interminables, las transgresiones permanentes y la anarquía general.

Una vez llegados a esta interesante conclusión, la teoría –con sus múltiples declinaciones– dio para muchas sesiones. Porque... ¿y los peatones? ¿Qué decir de los peatones? Cruzaban la calle cuando querían y por donde les daba la gana, ni siquiera temían ser atropellados. ¿Y qué decir de los que conducían las bicis? ¿y de los que conducían los *rick shaws*, carritos y cochecitos de lata? Todos ellos carecían de cultura automovilística (y de civismo en general)

Y así, día tras día, los dos amigos clamaban y penaban, y se repetían y reafirmaban en sus quejas. Y al final de cada sesión plañidera miraban el fondo de sus vasos. Allí descansaban los últimos posos de malbec (chino), cabernet (chino) o pinot noir (chino). Y entonces suspiraban. Ah, cantaba el *duetto*, es que los conductores chinos...

* * *

Llegó el invierno de Beijing, que no es una bicoca, pero ni porteño ni parisino abandonaron sus respectivos vehículos descubiertos. Los chinos no dejaban de usarlos ni cuando rozaban los 18 bajo cero, no iban a ser menos.

Una mañana, cuando aún no había clareado, el porteño salió de su casa. No era lo que se llama un hombre madrugador, le costaba salir de la cama, no digamos despejarse. Pero aquel día iba aún más aturdido que de costumbre. Llegaba tarde al trabajo, el gas de la cocina se había negado a funcionar, no se había podido tomar un mísero té que le calentara la barriga. Afuera hacía un frío siberiano, así que se puso todo el equipo de emergencia encima: gorra de piel de conejo con orejeras, bufandas varias, guantes y protectores de piernas.

No se puede decir que saliera del *compound* a gran velocidad pero, entre pelos de conejo, gorras y bufandas, lo cierto es que tenía la visibilidad limitada. Nada más asomar por la primera bocacalle, algo arremetió contra él por la izquierda. La colisión fue tan violenta que le levantó del suelo. Tras hacer un par de piruetas en el aire aterrizó en la calzada. Y en el preciso instante en que perdía el conocimiento tuvo un *flash* de comprensión y lucidez. Había pasado lo que siempre se había temido. Por fin le había pillado uno de aquellos conductores chinos.

Despertó en la ambulancia, a tiempo de ver a un enfermero chino que le acercaba una jeringa al brazo. La visión de la aguja le disipó las brumas cerebrales de inmediato. ¿Estaría esterilizada? Recordó la falta de higiene, la suciedad del patio, el sempiterno polvo y la chatarra amontonada. Y tuvo una ráfaga de visiones, ejércitos de virus, bacterias (todos en forma de amebas; era un hombre de letras, sus conocimientos científicos no daban para más). Y en ese crucial momento, que es, no nos vamos a engañar, el de la verdad, pidió a gritos ser llevado a un hospital occidental. Pese a los meses que llevaba estudiando chino no consiguió hacerse entender, ni eludir la jeringa. Y tuvo que pasar interminables horas de terror en el Hospital General antes de ser rescatado por su embajada a la mañana siguiente. Para entonces su estado era delirante. La llegada del cónsul argentino, que se teñía el pelo de color rojo (lacre) y tenía aspecto de tanguista trasnochado, no contribuyó a hacerle entrar en razón. En su confusión mental, le creyó una más de las muchas pesadillas de aquella noche aciaga. Lo recibió con una serie de aullidos tan estremecedores que el personal hospitalario tuvo que trasladarle a un pabellón aislado, y a todo correr, antes de que trastornara por completo al resto de pacientes.

La misma mañana en que el porteño tuvo su accidente, sería también la misma hora, el parisino regresaba al *compound* tras una noche de amor loco (que para eso era parisino). Apenas había dormido y aún llevaba el calorcillo del ejercicio nocturno pegado al cuerpo. Corría en exceso, como de costumbre, pero confiaba en sus dotes de conductor; él era hábil, tenía reflejos. Ya casi estaba llegando a casa cuando la mala fortuna quiso que se le descosiera la estrella roja pegada en la parte frontal de su gorra. No se desprendió del todo, sino que quedó flotando frente a su ojo derecho. Fue una tontería, cosa de un segundo, pero suficiente para que se despistara. No vio al ciclista que le salió por la derecha. Lo golpeó y luego perdió por completo el control de la moto. La magnífica Harley Davison china chocó contra una de las vallas de la calle. Y salió hacia el cielo, propulsada como un géiser. Con tan buena puntería, y tan mala suerte, que se le cayó encima. Antes, sin embargo, el parisino tuvo un atisbo de la bicicleta que había provocado el accidente. No alcanzó a ver el rostro de su conductor, iba tapado hasta la coronilla, pero aún le dio tiempo a lanzar una maldición contra los conductores chinos. Por su impericia, por su imprudencia y su torpeza. Luego desapareció para el mundo.

Despertó ya en el hospital, rodeado de todo un bosque de batas blancas. El diagnóstico médico que tuvo que escuchar se las traía. Rotura del fémur, del peroné y de la cadera por diversas partes. Había que operar, y además de inmediato. ¿Entrar en el quirófano? ¿En Beijing y en un hospital chino? La mera idea le puso los pelos de punta, así que exigió de inmediato ser trasladado en avión privado a Hong Kong. Tuvo mejor suerte que su amigo, el médico que le atendía hablaba inglés, le entendió a la primera. Y la multinacional francesa para la que trabajaba corrió a cargo con los gastos.

Fue también la compañía de seguros de la empresa francesa quien se encargó de gestionar los trámites del accidente. Y así fue como parisino y porteño se enteraron del nombre y apellido de los respectivos conductores *chinos* que los habían conducido al desastre.

Ninguno de los dos regresó al *compound*. Se mudaron, discreta y silenciosamente, a un edificio habitado al completo por occidentales. Quiso la casualidad que fuera el mismo, de tal modo que un buen día se toparon en el ascensor. El parisino aún llevaba muletas, el porteño, que se dirigía a rehabilitación –el fisioterapeuta, alemán, le costaba un ojo de la cara– tenía el brazo en cabestrillo. Los amigos simularon no conocerse, ambos se dedicaron a escrutar los vistosos anuncios que forraban las paredes del reluciente ascensor.

Poco importa. Uno puede engañarse a sí mismo, y engañar al que tiene enfrente. Pero no al destino. Y el destino les había proporcionado un *meeting point*, ese que jamás habían hallado en sus respectivos monólogos. Aquellas dos líneas paralelas por fin se habían encontrado.

Eso sí. Nunca más se hablaron.

TEMPLANDO GAITAS
(SCOTTS WA HAE)

A mi Julia, aquí tiene a sus gaélicos (¿o eran célticos?)

Angus MacCormack no era el mismo que vestía y calzaba sino Guang Li, un genuino aborigen de Sichuan.

La suplantación no resulta extraordinaria. A los chinos les gusta adjudicarse nombres occidentales. Dicen que lo hacen para facilitarnos la vida, pues nosotros somos incapaces de pronunciar sus nombres reales (cosa cierta). Sea como fuere, el argumento les proporciona una coartada perfecta para poder gozar de unas, digamos, dobles personalidades. Y tengo para mí que en esta leve esquizofrenia, más que en el asunto de la pronunciación, reside el atractivo del cambio.

Ser propietario de un nombre de repuesto, no registrado en la policía, en el pasaporte o en cualquier otro documento institucional, implica, además, una ventaja añadida. Y es que uno puede cambiárselo a su antojo, a tenor de las oscilaciones del ánimo y humor, no digamos de las evoluciones biográficas.

Sin ir más lejos. Mi amigo G (nada que ver con el punto; mi amigo *sí* existe, y casi siempre está localizable), dispuso de una secretaria personal –nativa– llamada Susan durante un año entero. Hasta que un buen día llegó a la oficina...

—Susan— le dijo con su amabilidad acostumbrada, —*¿could you please print the school plans?*

En el despacho reinaron el silencio y la quietud. Ningún desplazamiento. Desde luego Susan, que era puntual como un reloj

–suizo, no chino–, estaba en su mesa de trabajo, pero no acusó recibo de la petición. Es más, siguió trabajando, de espaldas a su jefe, como si nada.

G es un hombre muy cortés, repitió la pregunta dos veces más sin éxito. Por fin, impelido por la necesidad –necesitaba esos planos–, se dirigió a la mesa de trabajo de su secretaria. Y entonces ella levantó el rostro hacia él y le espetó, con expresión agraviada:

—*I am not Susan anymore. My name is Alice.*

Seguramente Susan debió de tener razones de peso para convertirse en Alice y más tarde en Jessica, aunque eso ya es otra historia. El ejemplo sirve para llevarnos a lo que nos interesa.

Angus MacCormack no había escogido su nombre al azar ni en un arrebato. Al contrario, la elección había sido fruto de mucho rumiar. Primero había sopesado llamarse Andrew o Silvester, incluso George, pero estos nombres le parecían demasiado neutros. Eran poco definitorios. Poco escoceses, por decirlo con claridad.

Guang Li tenía una fijación con Escocia.

No estaba claro de dónde le venía el amor por un país tan alejado de sus parámetros habituales. Según él, la revelación llegó un día en que puso la radio y escuchó a los gaiteros de la Royal Scotts Dragoon Guards interpretando *Scottland The Brave, Dashing White Sergeant y Scotts Wa Hae* de corrido. El porqué una emisora de Beijing se decidió por repertorio tan inaudito escapa a toda comprensión y carece de lógica. Pero China es un país fuera de lo común en el que puede suceder cualquier cosa, y eso incluye los disparates. En cualquier caso, unas posteriores declaraciones de la esposa de Guang Li a la BBC corroboraron que la emisión de radio no fue un delirio de su consorte. Aunque, según ella, la conversión de su marido no aconteció entonces sino durante un visionado de *Braveheart,* en su correspondiente versión pirata. Lo de los gaiteros de la Guardia Real habría venido después, cayendo ya en terreno abonado. Pequeñas divergencias sin importancia. Lo que sí es demostrable es que en el año 2005 Guang Li se las agenció para conseguir una gaita –*copycat* chino–, y a partir de ahí la cosa vino rodada. Tenía un oído extraordinario y aprendió a tocarla sin maestro ni partituras. Entrenaba varias horas a la semana, con regular tenacidad. El vecindario podía dar fe de ello, los traía a todos por la calle de la amargura. Esta era la parte más vistosa de su obsesión. Paulatinamente llegaron otras, por suerte menos alborotadoras.

El cambio de nombre se hizo sin alharacas. Primero Guang Li se invistió con el Angus, y luego, para reforzar la idea, añadió el MacCormack. El proceso se llevó a cabo sin un pestañeo. Puestos a agenciarse un nuevo nombre daba igual —y costaba lo mismo: nada— que fuera más largo o más corto, simple o compuesto. En paralelo, el rebautizado Angus MacCormack se dedicó a coleccionar *merchandising* escocés. Su iconografía particular se inició con una postal del Lago Ness enviada por un pariente lejano, emigrado a América, que había conseguido patearse toda Europa en siete días (hazaña organizada por una agencia de viajes cuyo nombre —*Sinowind*— ya evocaba velocidades sin fin). La fotografía mostraba el lago bajo tintes siniestros, con la conocida huella de la cola del monstruo ondeando en sus aguas, y Angus la atesoró con esmero dentro de una funda de plástico. Más tarde, con la progresiva apertura al mundo de China, consiguió una nutrida galería de imágenes nuevas vía internet. Los diversos paisajes escoceses, fauna incluida, le cautivaron. Pero lo que de veras le impactó fueron los castillos. Aquellas vetustas estructuras de piedra con sus torreones, muros y fosos, le confirmaron que había elegido bien el país de adopción. Su filia se acrecentó. Para desesperación del vecindario, dedicó aún más horas a la gaita. En cuestión de semanas había ampliado su repertorio a *The Flying Scottsman, Flower of Scotland y Duke of Perth*. También le sumó el *God Save the Queen*, por si se daba la ocasión (pasaría aún un tiempo antes de que se oficializaran las ansias independentistas).

En el armario de Angus colgaba el traje completo de escocés, con varios *kilts* intercambiables. Desde luego, él no ignoraba que los escoceses utilizan sólo el *kilt* de su clan. Pero había decidido prescindir de prejuicios y ser *open minded,* de mentalidad más abierta (le habían contado que los escoceses eran cerrados además de algo agarrados). Así que repartía sus lealtades entre varios clanes que había escogido, no tanto por su nobleza ancestral, sino por los colorines de los cuadros. Y en cuanto a los posibles problemas económicos que podía conllevar tan variado vestuario, ahí sí había nacido con suerte. Porque cuando no se dedicaba a ser escocés, Angus era sastre. Uno de los reputados *taylors* de Beijing.

Tenía su pequeño taller en el corazón de Muxiyuan, barrio por el que se desparrama la gran central de abastos textil de la ciudad. En China todo se magnifica a unos niveles impensables y Muxiyuan no es ajeno a la pauta. La zona está atiborrada de tiendas de ropa y de almacenes en los que miles y miles de rollos de telas se amontonan en pilas que suelen tocar el techo. Y entre todo este jaleo hay multitud de sastrerías. Son habitaciones deliciosas, alfombradas con retales de colores. Habitadas por viejos maniquíes, cajas de hilos y botones. Lugares enternecedores en los que aún se escucha el anticuado *tactactac* de la máquina de coser.

(NOTA: El oficio de sastre, que en Occidente es una rémora para millonarios, aquí sigue gozando de una salud excelente. Los sastres chinos trabajan a velocidades supersónicas y le hacen a uno lo que les pida. Sobre todo si se les lleva algo para copiar. Resulta muy práctico. ¿Quién no es dueño de un pantalón o un vestido a los que ha cogido afición por las razones que sea? Es esa prenda que se arrastra por nuestra vida años y años, porque uno se resiste a desprenderse de ella. Pues bien, la solución al dilema se encuentra en China. Basta con llevar el trapo amado a uno de estos sastres mágicos, él se la va a resucitar y repetir en el color y tela que usted desee).

La parroquia del gaitero era exclusivamente china. Nada que ver con la clientela occidental de los *taylors* del Mercado de la Seda o del Ya Show. Pero a Angus le daba igual. Carecía de ambiciones. Un traje aquí, un vestido allí. Suficiente para sobrevivir.

苏格兰 蘇蘭
land

Al igual que casi todos sus compatriotas, pasaba más tiempo en el trabajo que en casa. Pero estar en el lugar de trabajo muchas horas no significa necesariamente trabajarlas todas. Angus era un tipo risueño y sociable. Entre visitas de amigos, partidas de *mah jong,* sesiones de comadreos, ingestión de *noodles* y golosinas, constantes tés con unos y otros, más un par de cabezaditas apoyado en la máquina de coser, las horas se enfilaban agradables. Y, lo más importante, sin mayores sobresaltos.

El trabajo no requería mucha concentración. Vestía a una clientela fija, poco exigente. Sus conciudadanos tenían cuerpos similares y no solían engordar. Hecho un traje, hechos todos. Con un par de patrones podía ir tirando sin grandes empeños técnicos o creativos, pues tampoco en esto último los clientes eran puntillosos. Hacía años que les mostraba el mismo catálogo de modas y nadie protestaba. Lo mismo podía decir de las clientes femeninas. Demandaban un poquito más que sus maridos, pero en cuestión de cuerpos eran aún más calcadas que ellos: siluetas lineales, sin curvas complicadas. Cortes y confecciones limpios y sencillos, el ideal de cualquier sastre. Por no necesitar, ni pinzas de costura necesitaban. De hecho, Angus no supo lo que era una pinza de costura —tampoco el estrés profesional— hasta que llegó aquella andaluza entrometida. Mas no adelantemos acontecimientos...

El boom económico de China había traído un buen grueso de inmigrantes escoceses a Beijing. Como muchas otras colonias de expatriados, tenían su propia asociación. Los objetivos de la Highland Brotherhood —según estatutos— eran promover la cultura escocesa en China. Y no pasó mucho tiempo antes de que Angus MacCormack, pertrechado con su gaita y el uniforme completo de escocés, llamara a su puerta. Si había que promover a Escocia, él se postulaba como el primero.

Los miembros de la sociedad escucharon con pasmo el recital que les ofreció. Y, tras recobrarse de la conmoción, le dieron acogida con los brazos abiertos. Angus se convirtió en una suerte de mascota, pronto fue una figura familiar en todos los festejos de la hermandad.

En otoño del 2012 llegó a mis manos una invitación de la Highland Brotherhood para asistir al St. Andrew's Ball que se celebra cada año a finales de Noviembre. La redacción era intrigante, incluía la siguiente advertencia: *Highland dress. National Dress or Back Tie. No very high heels or stiletto heels on the dance floor please.* Seguía luego un programa de mucha enjundia. Aperitivo, cena, resopón a medianoche, y desayuno a partir de las seis de la madrugada del día siguiente. Todo ello amenizado por una orquesta de Aberdeen traída especialmente para la ocasión. El whisky iba a ser a *go go*, habría buena comida y una rifa. A cambio, se esperaba que los asistentes bailáramos una serie de danzas escocesas —no las de Beethoven— listadas en el mismo programa.

Las coreografías previstas eran tan complejas que la propia hermandad se sintió obligada a organizar unas sesiones previas de aprendizaje. Me acerqué una tarde. Se trataba de memorizar una serie de pasos bajo la batuta de una maestra que combinaba palo y zanahoria con una insipidez remarcable. Era menuda, enjuta, y vestía una falda monjil de tonos pardos. También era una gaélica profunda. Por sus venas corrían cuatrocientos años de auténtica sangre escocesa, nos anunció sin ningún rubor. Y además lo largó frente a un ramillete de chinas cuya expresión de alarma fue todo un poema. No pillaron la metáfora, se atuvieron a su significado literal, y creyeron que la minúscula dama era fruto de una transfusión sanguínea.

La primera parte de la clase fue teórica. La gaélica dibujó los diagramas de cada baile, sus pasos y otras informaciones preciosas, en una pizarra. Luego vino la parte divertida, había que llevar aquello a la praxis. Conste que nos aplicamos, y las alumnas chinas fueron las más concienzudas y esforzadas. Por desgracia, carecíamos de sentido del ritmo, del equilibrio y del compás. No hablemos ya de la coordinación. La clase degeneró en una sesión caótica de choques, tropezones, pisotones y peticiones constantes de disculpas.

Cuando acabamos de reírnos decidimos dejar el asunto a merced de Terpsícore y la inspiración del día de marras.

La fiesta se celebraba en uno de los salones del China World, hotel lujoso y horripilante con suelos de mármol fluorescente, monstruosas lámparas doradas y columnas corintias. La asistencia había acatado las normas. Tiros largos, *quilts* y *smokings* escoceses. Algunas nativas –de Escocia– cargaban con bolsitas de tela que contenían las zapatillas de baile. La cosa iba en serio.

Nada más entrar en el hotel nos colocaron una copa en la mano. Fue la primera de una serie interminable. Pocos minutos más tarde apareció Angus MacCormack con la gaita. Vestía un *kilt* inmaculado y chaqueta de gala. Se arrancó a soplar con ímpetu y alegría. Y nosotros salimos tras él, igual que los niños tras el flautista de Hamelín. Nos condujo a una antesala desde la que haríamos nuestra entrada triunfal al comedor.

Una media hora y cuatro copas más tarde se abrieron las grandes puertas. Apareció el maestro de ceremonias. Era ella, la de la transfusión de sangre escocesa, solo que hoy vestía un traje largo de gasa azul pálido con sombrero y bolso a juego. De haber estado un poco más rellena hubiera podido pasar por la reina madre. Digresiones aparte, había llegado la hora de la verdad.

Solventamos la coreografía inaugural, obligatoria para todos – *Grand March,* creo que se titulaba– como Dios nos dio a entender. Penetramos en el desmesurado comedor, de nuevo precedidos por Angus y su gaita. Íbamos agarrados del bracito, formando una hilera de parejas que se emparejaban y desparejaban según el protocolo marcado de antemano. Siempre bajo la dirección de la maestra, hicimos unas cuantas circunvalaciones y tirabuzones por varias zonas de la sala hasta que por fin se nos permitió romper filas –no sin alivio, creo yo– para ir en busca de los lugares que nos habían adjudicado.

Las mesas estaban repletas de flores, botellas de whisky chino y propaganda de toda clase. Frente a cada plato había un cartoncito con nuestros nombres en letras doradas, y un menú prolijo, también con repujados de oro. Ah, y dos billetes de lotería, gentileza de una agencia de viajes.

No me extenderé sobre el evento. Básicamente se trataba de beber, comer algo entre bebidas, seguir bebiendo e intentar cumplir con las coreografías sin hacer demasiado el ridículo. Pese a las cantidades ingentes de whisky que se trasegaron y la longitud de la noche, la fiesta no desembocó en bacanal. Más bien lo contrario, fue regulada e inocua, más cercana a primera comunión que a calaverada. Ignoro el porqué de tanta sosería. Quizá la complejidad de los bailes coartaba la espontaneidad. O a lo mejor los sentimientos patrióticos ejercen una suerte de freno. Si uno se detiene a pensarlo, casi todas las creencias solemnes —salvo las de algunas sectas muy retorcidas y perversas— se traducen en puritanismo. En fin, mentes más brillantes que la mía habrán analizado ya el fenómeno.

Angus y su gaita se sentaban en nuestra mesa. El hombre chapurreaba un inglés básico y semejaba un alma feliz. Tras los postres hubo varios discursos más o menos sentimentales. Luego llegó la rifa, con tan buena suerte que el premio gordo le tocó a él. Su alegría fue en extremo contagiosa. Agitaba el número premiado, *my one my one my one*.

El premio consistía en un fin de semana, todos los gastos pagados, en un castillo escocés de fábula. Sobre la mesa teníamos el folleto con información del lugar. Varias páginas con fotografías de vistosos colores impresas en un papel de primera calidad, grueso y brillante. Daba el pego. Y por unos momentos pensé que la Highland Brotherhood pretendía meter a Angus y a su mujer —era un bono para dos— en un jet de la British Airways en dirección a *Edinburgh*. Sin embargo, no parecía muy razonable regalar un par de días en la otra punta del mundo. Volví a mirar el folleto. Entonces caí en la cuenta de que el castillo en cuestión estaba en Shandong, a hora y media de avión de Beijing. De hecho, era un *copycat* de reciente construcción.

Poco importa. Para Angus y su esposa fue una experiencia inolvidable.

En el aeropuerto de Yantai los recogió un genuino taxi londinense. Viajaron entre campos de centeno —los dueños del castillo destilaban whisky escocés *made in China*— hasta llegar al pie de una imponente mole de piedra gris con foso y torreones, el castillo de Shandong.

En la puerta del hotel fueron recibidos por un batallón de doncellas y camareros disfrazados de escoceses. Los instalaron en la *Baron's Room,* una estancia con lecho de dosel, alfombras espesas y muebles oscuros y pesados. Y un poco más tarde bajaron a cenar en el gran salón. Tenía una chimenea en la que se hubiera podido asar una vaca entera, una mesa interminable y suelos de mármol brillantes en blanco y negro.

Tras la cena, subieron a acostarse transidos por la emoción. Nunca habían dormido en una cama blanda —las chinas tienen una consistencia pétrea— y no pegaron ojo, pero fueron felices. Por la mañana el servicio de habitaciones los despertó con *porridge* y té negro a destajo. Luego los llevaron a visitar la destilería. Y vuelta al comedor, al whisky, a la cama blanda, al *porridge* y al té negro... El tratamiento real duró dos días enteros, cuarenta y ocho horas completas de ensueño.

Si hasta entonces el sastre se había considerado escocés, volvió de aquel viaje hecho un escocés doble (*double scotch*). Con ventaja añadida. Su mujer, que hasta el momento había mostrado cierta reluctancia a ser escocesa, se convirtió a la causa.

Después de vivencia tan intensa, lo normal hubiera sido aterrizar en un vulgar anticlímax. Nada de eso. Se avecinaba el punto álgido en la curva de «escocesidad» de Guang Li. No fue otro que una visita oficial de Alex Salmond, presidente en funciones de Escocia, a China.

Angus y su gaita recibieron al mandatario en el mismo aeropuerto, y por la tarde ambos se abrazaron efusivamente durante la recepción que tuvo lugar en la Embajada Británica. Siguió una semana repleta de eventos y celebraciones, y en todos ellos se requirió la presencia del gaitero chino. Angus tocó frente al *stand* de promoción del Glengrant, el Glenfiddich, el Glenmorangie y el Cragganmore. Del Bowmore, el Dalmore, el Glenfarclas, el Glenlivest y el Glenrothes. Por no hablar del stand promocional de los *kippers*, los *haggis* y el *porridg*e. Como guinda final, la mismísima BBC le dedicó un reportaje en su sección *Analysis and Features*.

Tras esos días necesitó un respiro. Había quedado exhausto. Pero conservó un álbum con recuerdos de todo tipo de aquellos días. Y en la pared de la sastrería colgó la fotografía que eternizaba su abrazo con Alex Salmond. Le llamaba jovialmente «mi amigo Salmond», frase que su inglés había transformado en un gracioso, y no menos jovial, *my fried salmon* .

Angus soñaba con Escocia. Ahora bien, una cosa es acariciar un sueño y otra muy distinta tener una aspiración firme. Esto último pide inversión de energías, y genera un fardo de ilusiones con sus consabidas contrapartidas de frustraciones y disgustos. El sastre era un hombre sensato, su romance con Escocia no pasaba del sueño. Él y su mujer ahorraban, como todos los chinos, pero el dinero estaba destinado a los estudios de su hija y a los problemas de salud que sin duda llegarían con la vejez. En conclusión, ni Angus aspiraba a viajar a Escocia ni a los de la Highland Brotherhood se les hubiera ocurrido sugerirle la idea, mucho menos pagarle el viaje.

Así estaban las cosas, y todo iba bien. Y así hubieran seguido de no ser por la llegada de dos nuevos miembros a la hermandad.

Alastair, un ingeniero de Oban, era un tipo apacible incapaz de generar ningún revuelo. No se podía decir lo mismo de su mujer. Macarena había nacido en Vejer de la Frontera y respondía al prototipo de andaluza dicharachera.

La pareja se había conocido en una playa de Barbate. Era el día más tórrido del año y el escocés andaba aturrullado por el calor. Sin saber muy bien cómo se encontró casado con aquel terremoto de mujer. Se la llevó a Oban, donde en cuatro días se le hizo famosa por la verborrea –su escaso inglés no la frenó en absoluto–, por meter las narices donde no debiera y, en suma, por comportarse sin la menor cautela, y sin consideración hacia unos semejantes que no tenían ni su vitalidad, ni su chispa, ni su dichoso duende.

Alastair trató de contenerla pero sus sermones e instrucciones cayeron en saco roto, y pronto desistió de intervenir. Allá se la compusieran los demás escoceses con su esposa. Quitando sus pequeñas torpezas sociales, Macarena resultaba sexy y divertida. Él la adoraba. Y ella también le adoraba a él. Y con su gracia andaluza juraba y perjuraba que se complementaban a las mil maravillas. Cosa radicalmente cierta. Él apenas abría la boca y ella apenas la cerraba. Todos los huecos de silencio que creaba él los rellenaba ella al instante. Y de este modo entre los dos hacían un completo de verbo.

Además de salerosa, la andaluza era hiperactiva. Hubiera sido una gran madre pero la Naturaleza no le fue propicia. Y el vacío de hijos se tradujo en un superávit de energía que debía canalizarse hacia alguna parte. Por desgracia, con la energía sucede lo mismo que con el agua, no hay modo de frenarla, siempre acaba por resurgir en los lugares más inoportunos.

A Macarena le bastó con ver un día a Angus tocando la gaita para decidir que había encontrado una causa noble en la que invertir sus días. Ella se encargaría de hacer realidad el sueño de aquel chino que amaba Escocia. Angus *debía* viajar a Escocia.

Puso manos a la obra. Lo primero fue tantear a los miembros de la Highland Brotherhood. Una colecta: si ponían un poco cada uno entre todos le pagaban el viaje y un pequeño *tour* por las tierras patrias. Pero los miembros de la hermandad mostraron una resistencia numantina a la hora de rascarse los bolsillos. Eran escoceses, no tendían a gastar sin ton ni son.

Macarena pasó entonces a una segunda línea de ataque. Angus era sastre, los miembros de la sociedad, sobre todo ellas, podían utilizar sus servicios profesionales. Sería un modo digno de recaudar dinero que beneficiaría a todos por igual.

No cejó hasta conseguir que varias de las mujeres de la hermandad aceptaran reponer vestuario en la sastrería de Angus. Sin embargo, las cosas no salieron como ella esperaba. Sucedió que las gaélicas no estuvieron conformes, ni con el precio de los tejidos ni con el de la mano de obra. Regatearon con tanto ahínco que al sastre apenas le quedó margen para la ganancia. Con el agravante de que encima le estresaron. Él no estaba acostumbrado a aquellos cuerpos femeninos grandes, llenos de carne y curvas, tetas y culos. Tuvo que trabajar cinco veces más de lo normal y además se vio obligado a aprender a coser pinzas, técnica que no dominaba en absoluto. Equivocaba el emplazamiento de manera invariable y las nuevas clientas necesitaron montón de pruebas. Él no daba abasto, ellas gruñían. En suma, una de esas transacciones en las que ninguna de las partes queda satisfecha.

Pero Macarena no era de las que se resignan o desisten con facilidad. A los dos primeros intentos fallidos se siguieron una sucesión de tés danzantes, tómbolas de objetos usados, cartas petitorias, paseos de hucha... Hasta que el consorcio de la hermandad decidió –por unanimidad– aflojar la pasta. Cualquier cosa antes que seguir soportando aquel martirio. La andaluza les había ganado la partida por cansancio.

Con el dinero en la mano, mareó y acosó a varias agencias de viajes, hasta conseguir la mejor oferta. Organizó el viaje hasta el menor detalle y, cuando lo tuvo programado, se presentó en el taller de Angus con la gran noticia.

El sastre encajó la novedad con pocas expresiones de alegría, una carencia que Macarena atribuyó a la famosa inexpresividad oriental. Igual que les sucede a otros benefactores de la humanidad, ni se le pasó por la cabeza que el depositario de sus esfuerzos pudiera albergar reservas sobre los planes que ella le había montado con tanta devoción.

La verdad era que Angus estaba desasosegado. Ahora que había llegado el momento de enfrentarse a la verdad, no las tenía todas consigo. Le desagradaba la idea de viajar sin su mujer (el dinero recaudado solo alcanzaba para su viaje, ahí se había cuadrado la hermandad). Y algo, una intuición, un susurro insidioso, le decía que no sacaría nada bueno de aquel viaje. Ahora bien, rechazarlo hubiera sido una desconsideración. Y tampoco era cosa de desperdiciar semejante oportunidad, seguramente no se presentaría otra. Después de todo, por romántico que fuera, Angus era chino y tenía el espíritu mercantil insertado en el alma. Lo que a uno se le ofrece gratis no se rechaza. Axioma y punto final. Así que cogió billetes y folletos. Dio las gracias y a continuación hizo la maleta.

Su esposa, su hija, los cuatro abuelos y un puñado de amigos le acompañaron al aeropuerto. Se hicieron fotos todos con todos y en todas partes. En el pupitre de la British Airways, en las tiendas de chucherías y souvenirs, y en la puerta del control de seguridad. Lo pasaron muy bien, y Angus puso al mal tiempo buena cara. Pero no nos engañemos, se despidió de los suyos con el alma encogida.

Pasaron los días sin noticias del sastre. Nadie se extrañó. Era comprensible, estaría muy ocupado disfrutando del viaje. Además, el tiempo vuela y pronto regresaría. Familia y amigos le aguardaban con expectación.

Por fin llegó. Cosa curiosa, lo hizo sin avisar, de tal modo que nadie pudo ir a recibirle al aeropuerto. Una lástima, todos lo deseaban. En cualquier caso, aterrizó en buen estado. Es más, incluso había engordado un par de kilos. Su mujer lo percibió de inmediato y se congratuló de ello. En China la alimentación es un tema serio, a su marido le habían dado bien de comer. Muy buena cosa.

Pero si bien en lo físico había mejorado, en lo psíquico no andaba muy católico. Angus no era el mismo. Estaba cariacontecido, apagado, bajo de moral. Si la palabra hubiera existido en su vocabulario –que no– se hubiera dicho que padecía depresión. Se arrastraba de un lado a otro con desgana. Rehuía a los amigos. No se acercaba por la hermandad. Y ni siquiera tocaba la gaita, que se llenaba de polvo en un rincón de la tienda. La preocupación era general. ¿Qué le había pasado? ¿Acaso le habían tratado mal? Pero nadie conseguía sacarle una palabra.

Macarena le sabía de vuelta. Quería un reporte completo y, ni corta ni perezosa, se presentó en la sastrería. Angus no fue descortés con ella, pero la recibió con nulo entusiasmo. Y respondió a sus inacabables preguntas con una sucesión de monosílabos neutros. ¿Le había gustado Escocia? Sí. ¿Y el Lago Ness? Sí ¿Y el castillo de? Sí... Y así estuvieron diez minutos. Ella acosándole, él limitándose a soltar un *yes* tras otro con cara de esfinge. Viendo que aquello era una vía muerta, la andaluza optó por encargarle un nuevo pantalón que en realidad no necesitaba. Cosas de su incontinencia estructural.

Fue la gota quebrada. Aquel día Angus cerró la tienda. Era un hecho inaudito, dramático. Su mujer se alarmó, con razón. Harta ya, le agarró en banda y le acorraló hasta sacarle la verdad como quien extrae una muela dolorosa.

Guang Li estaba sumido en un mar de dudas, por no decir una triste perplejidad. El viaje había supuesto una decepción por todo lo alto. Ninguna queja de la organización, tampoco del trato. Pero aquella Escocia que había visitado no guardaba relación con la que él había soñado. El paisaje era muy bonito, sí, pero llovía a cántaros y sin cesar. Acostumbrado al clima seco de Beijing, había padecido un ataque de reuma que le había tenido postrado dos días. Luego le habían dolido todas las articulaciones durante el resto del viaje. En Escocia los masajistas costaban un ojo de la cara, ni soñar con ese recurso, en su país tan asequible y cotidiano. El whisky no sabía lo mismo que el que él estaba acostumbrado a tomar, y le gustaba más el *scotch* chino que el *scotch scotch*. Y, lo peor de todo, los castillos estaban destartalados y se caían de viejos. Las fachadas rezumaban líquenes y musgo, en el interior había polvo. Cortinas y alfombras estaban desgastadas. Eran viejos y decadentes, no tenían adornos, ni brillos, ni relumbre. El castillo escocés de Shandong era infinitamente más acogedor, y además estaba seco. La ficción china sobre Escocia le daba mil vueltas a la propia Escocia. Incluso la gaita sonaba mejor en Beijing que en Edinburgo.

Y la culpa de todo la tenía la andaluza. Ella le había metido en el berenjenal. Ella era la responsable de la demolición de su sueño. Y encima tenía un culo gordo y carnoso que él no sabía gestionar, e insistía en que le siguiera haciendo pantalones. Angus le había cogido una tirria activa, algo impropio de un chino tranquilo como él.

Su esposa escuchó sus quejas y diatriba final con afecto y comprensión. Era una mujer práctica. Tras reflexionar un par de minutos, le sugirió que mirara el asunto bajo otra luz. Lo más seguro era que nunca más saliera de China. Por consiguiente, le era dado prescindir por completo del viaje a Escocia, borrarlo de su mente. O, mejor aún, reconvertirlo en lo que le diera la gana. Luego podía volver a instalarse en la Escocia de sus sueños, aquella en la que él se sentía cómodo y que a ella también la acomodaba. Nadie iba a discutirles el asunto.

Y en cuanto a la andaluza, bastaba con que le hiciera un desastre con la última prenda. O que le exigiera precios astronómicos. Eso la ahuyentaría.

La propuesta tenía una lógica aplastante.

Pese a sus pequeñas fantasías, Angus era un tipo básicamente positivo. Además, en Muxiyuan no había psicólogos que le atendieran y prolongaran la depresión. Así que un buen día cogió la gaita y sopló un par de notas. Cuatro días más tarde ya volvía a ensayar con regularidad, esta vez para alivio del vecindario. Volver a la hermandad le costó un poco más, sobre todo porque deseaba, a toda costa, evitar a la andaluza. Pero también consiguió superar esta fobia.

El destino le echó una mano. Poco después el ingeniero de Oban fue destinado a Shanghái. Él y Macarena hicieron mudanza, desaparecieron de Beijing. Hubo un suspiro general de alivio, las cosas regresaron a la normalidad. Las clientas escocesas dejaron de ir a la tienda de Angus. Los miembros de la hermandad volvieron a tratarle con aquel razonable desapego que convenía a todos por igual.

Hoy, Angus toca la gaita y sigue siendo el *fan* número uno y mejor embajador de Escocia en el Imperio Celestial. Con la ventaja de que ahora puede hablar con aplomo y conocimiento de causa. Nada le gusta más que parlotear sobre su país favorito y no ahorra palabras a la hora de escribir sus maravillas. Claro que el tiempo ha coloreado el relato de aquel *tour* escocés con vistosas tonalidades chinas, de tal modo que hoy sus descripciones desconcertarían bastante a cualquiera que conozca Escocia. Pero eso carece de importancia. ¿A quién le importa la verdad? Los que insisten en poner los puntos sobre las «íes» no son, precisamente, la sal de la tierra.

De Macarena nunca más se supo. Algunos rumores la sitúan en el Sudeste Asiático. He aquí otras regiones que padecerán lo suyo.

Los habitantes de Beijing viven pendientes de una aplicación telefónica llamada *Air Quality China*. Echarle un vistazo antes de salir de casa se ha convertido en un gesto tan mecánico como lavarse los dientes a la hora de ir a la cama.

El invento consiste en un gráfico con dos líneas, una de color verde y la otra de un amarillo impreciso. La primera línea es la medición de la calidad del aire que hace el gobierno municipal, la segunda es la misma medición, esta vez llevada a cabo por la Embajada Norteamericana.

Los niveles de contaminación y sus peligros presentan un espectro de posibilidades escalonadas de menos a más. Del blanco al negro, escala de grises. Empiezan en el *Good* (blanco), siguen hacia el *Moderate* (gris perla), *Unhealthy for sensitive groups* (gris rata), *Unhealthy* (gris sombra), *Very unhealthy* (negro), para finalizar en el *Hazardous* (negro tenebroso). Hay dónde escoger.

En el gráfico también se define la cantidad de partículas de porquería por metro cúbico. La cifra comienza en cero y acaba en quinientos.

Hace apenas tres o cuatro años, las dos líneas del gráfico estaban divorciadas, iban cada una por su lado. Las divergencias eran de chiste. La curva «oficial» de la municipalidad solía oscilar entre el bueno y el moderado, mientras que la de los americanos bailaba entre el insano, el muy insano y el peligroso.

En algún momento, sin embargo, las autoridades pekinesas decidieron que no valía la pena seguir tomándonos el pelo. Sus empeños eran inútiles, no embaucaban a nadie. La mayoría de los días las partículas de polución eran tan visibles que habría que ser ciego para no verlas, carecer de olfato para no olerlas. Y de gusto para no sentir el metal en la boca. Desde entonces las dos líneas van hermanadas, casi juntas siempre. Incluso hay días en que la curva china se muestra más pesimista que la yanqui, lo cual dice mucho de lo que ha adelantado el país en materia de transparencia.

Abundando en este último avance. Este pasado mes de octubre, el Congreso anual del Partido lanzó y publicitó *slogan* para una nueva campaña: GREEN CHINA. Quedó claro. La contaminación es oficial. No es que el Partido le haya dado su bendición, pero sí le ha concedido existencia. Tenemos un problema, admiten. Manos a la obra con el siguiente objetivo a perseguir: CHINA VERDE.

Más fácil de decir que de emprender. El motor industrial no se puede detener, aún hay que sacar a unos cuantos millones de ciudadanos de la pobreza. El Partido pone la cifra en unos trescientos. Es una cantidad muy alta, aunque si se compara con los mil cuatrocientos millones de habitantes que tiene la nación ya parece menos. Sobre todo si se tiene en cuenta que los sucesivos gobiernos han conseguido la hazaña —lo es, sin duda alguna— de levantar a un país muerto, literalmente, de hambre, en un puñado de décadas. No creo que ningún otro estado del mundo haya conseguido dar un brinco así en un lapso tan breve de tiempo. Ahora bien, los colaterales y las facturas de la gesta están ahí, tampoco es cosa de obviarlos.

Uno de estos colaterales es la brutal degradación del medio ambiente. La energía que mueve a China no es limpia ni ecológica. Es el carbón. Y esto es lo que hay. Por otra parte, el mismo gobierno reconoce que un tercio del suelo del país está profundamente contaminado, y la mayoría de acuíferos hechos un asco. Trágico, sí. Un precio muy alto a pagar a cambio del progreso económico.

Pero antes de echarse las manos a la cabeza, eso que agrada tanto en Occidente, quizá valdría la pena hacer un pequeño esfuerzo mental. Concentrarse. Cerrar los ojos e imaginar, por ejemplo, el Mánchester de mediados del siglo pasado. Y la zona centro norte de Inglaterra. Sin olvidar, por supuesto, Londres y su *alma mater*, el Támesis. Claro que hablamos de escalas ínfimas comparadas con las enormidades de este país, pero el concepto es el mismo. China está viviendo su Revolución Industrial.

La buena noticia, según los propios ecologistas, es que los daños ambientales son reversibles. Y ahí está la verde Albión para demostrarlo. Con buena voluntad, y buenos dineros, los ríos se han recuperado y vuelven a ser cristalinos. También han regresado los peces y toda clase de animalitos encantadores. Los londinenses no enferman a causa del humo y la polución. Y quien tenga paciencia puede plantar su caña en el Támesis sin temor a morir de una intoxicación alimenticia.

China tardará mucho más en rehacerse del impacto. Pero, aun con timidez, el país está ya por la labor. Las fábricas cercanas a las ciudades empiezan a tener obligaciones y restricciones legales. Igual sucede con los coches. Estos últimos meses Beijing ha disfrutado de algunos días limpios. Un sorpresa agradable.

Otro signo positivo. De vez en cuando el gobierno anuncia que ha rehabilitado tantos miles de hectáreas de tierra. Se refiere a que las ha limpiado, saneado. No es propaganda falaz. Hace poco hicimos un viaje en tren de Beijing a Shanghái. El paisaje que corría, veloz, por la ventanilla, reconfortaba. Cientos de trabajadores plantaban hileras de árboles, una tras otra. Reforestación, regadíos. Kilómetro tras kilómetro de incipiente verdor...

El Partido quiere que para el año 2030 prácticamente todos los habitantes de China vivan en grandes ciudades. Los argumentos que justifican este propósito son prácticos y no hay que ser especialista en nada para comprenderlos. Las comunidades campestres son económicamente insostenibles. La geografía del país es descomunal, y de orografía enrevesada. El costo que supone llevar servicios a las poblaciones rurales es vasto, inalcanzable. En definitiva, el gobierno solo puede garantizar servicios a la ciudadanía si la mantiene aglutinada en grandes núcleos urbanos.

Mundo de urbanitas para urbanitas. El proyecto no es como para dar saltos de contento. Ilusiona poco o nada. Y resulta difícil de concebir. Pero quien viaje por el país descubrirá que ya se está haciendo realidad. No es futuro, es presente.

Salvo poquísimas excepciones, las ciudades chinas son desalentadoras. No se expanden de modo orgánico ni sensato. Crecen desaforadamente, de la noche a la mañana. En vertical. Con agresividad, sin planificación reflexionada. Los espacios privados están programados para el hacinamiento. Puros amontonamientos de bloques sin gracia rodeados por algunas docenas de árboles más un par de lagos para despistar su aridez. Y los públicos son para echar a correr en dirección contraria. Las aceras están siempre llenas de engorros e impedimentos. Las plazas resultan estériles, y en los parques hay más obstáculos y barreras que bancos para la contemplación y el reposo. A lo mejor esta aspereza es expresión de lo poco que cuenta aquí la individualidad. A primera vista parece muy duro. Pero qué duda cabe que la miseria y el hambre también lo son.

Quizá dentro de unos años los habitantes de China hayan sufrido una mutación y estén perfectamente acomodados a esta forma de vida que les ha sido impuesta por las cabezas pensantes de su gobierno. Pero con el tiempo también se podría dar una reacción contraria. A lo mejor estos urbanitas evolucionan hacia otros parámetros culturales. Tengo amigos nativos que comienzan a suspirar por un retorno al campo. Algunos ya han materializado sus deseos. Aún son excepción. Artistas, cuatro intelectuales trasnochados. Aquí y ahora, la gran aspiración de la creciente clase media china es el consumo inmediato, veloz (y feroz). Pero si la ciudadanía sigue progresando, en bienestar económico y cultura, cambiarán sus anhelos. Y, a juzgar por la experiencia vivida en Occidente, entonces buscará de nuevo el encuentro con la naturaleza, con una vida más simple. En suma, llegará el neorruralismo a China. Si esto sucediera, el país tendría que rescatar a todo correr lo que quede de las aldeas, caso que quede algo, porque se ven demoliciones por doquier. O bien crear zonas idílicas y campestres de nuevo cuño. Esto último no es delirio ni fantasía; ya se han construido algunos pueblos «antiguos» chinos. Con sus canales, viviendas tradicionales, tiendas y templos, y habitantes pintorescos (conozco a un arquitecto italiano que ha diseñado uno de ellos, no deja de tener su sarcasmo el asunto). Por el momento están solo destinados al consumo turístico interno. Pero en el futuro pudieran convertirse en alternativas viables a la ciudad. *Wait and see.*

La gente llana suele asegurar, en tono entre temeroso y admirativo, que el *partido* tiene capacidad para disolver la polución cañoneando la atmósfera con bombas de algún producto químico secreto. La idea semeja disparatada. Y aun si fuera plausible, el sentido común dicta que un producto químico capaz de disolver los metales pesados que lleva el aire será a la fuerza más contaminante que lo que pretende disolver. Peor el remedio que la enfermedad, vaya. Estaríamos aviados.

Esta leyenda casi quedó ratificada el año pasado (2014), cuando se celebró la cumbre Asia Pacífico. Durante los días que duró la orgía internacional los habitantes de Beijing anduvieron en la gloria. La ciudad era otra. Aire prístino, nada de humos, luz preciosa, sol. Autobuses relucientes, poquísimos coches, gente paseando gozosamente a todas horas. Casi una Arcadia feliz.

¿Lo ves? decían amigos chinos y no chinos. Cuando el *partido* quiere desaparece el *smog*. El Partido es omnipotente...

Un estudio un poco más riguroso del supuesto milagro reveló que Beijing y sus alrededores habían quedado en suspenso durante una semana entera. Las chimeneas apagadas, las fábricas clausuradas. Y los empleados de las empresas estatales enviados a sus casas, algo inaudito en China, donde no existen ni los fines de semana. La provincia entera –Hebei– estuvo de asueto por imperativo gubernamental. Así se entiende que no hubiera suciedad y neblinas pastosas esos días. Cuestiones de *look* aparte, sospecho que el apagón también fue una exhibición de músculo económico. A ver quién es el guapo que se atreve a paralizar la industria de la provincia más activa del país, solo para que míster Obama pueda pisar una ciudad libre de plomo. Esa dichosa cumbre de mandatarios le debió hacer perder a China una porrada de millones. Por órdenes de Xi Jinping. Menudo gesto. Qué señorío, qué poderío.

Algunas veces, demasiadas, la aplicación del teléfono marca lo que en casa llamamos *«beyond redemption»* (más allá del bien y el mal, si se quiere). Son esos días en que las curvas, la verde y la amarilla, desaparecen abruptamente en la parte superior del gráfico, y la cantidad de partículas supera los quinientos del límite considerado peligroso.

Cuando esto sucede, hay que resistir la tentación de escapar corriendo al aeropuerto para ponerse en lista de espera del primer avión listo para el despegue. Poco importaría el rumbo. Norte, Sur, Este u Oeste. A cualquier lugar donde aún existan el cielo y el sol, y el oxígeno y la luz.

La ciudad se convierte en una necrópolis angustiosa. Y uno queda atrapado. De súbito encerrado en un universo paralelo, mundo apocalíptico y lúgubre. La bruma y las sombras lo cubren todo. El carbón se mete en la nariz, pican los ojos, falta el resuello. Se nos recomienda entonces no salir de casa. Sin embargo, para la mayoría de gente resulta imposible seguir el consejo. Hay que trabajar, llevar el niño a la escuela, hacer la compra. En suma, vivir.

En días así, pisar la calle se acerca a una experiencia onírica, rozando la pesadilla. Beijing adquiere el aspecto de un lugar indeterminado tras deflagración nuclear. Apenas hay visibilidad. Edificios y vehículos son volúmenes fantasmagóricos, irreales. Los ciudadanos devienen siluetas de contornos difusos que surgen de improviso en medio de la neblina. Como penitentes que vagaran sin consuelo. Espíritus de piel gris y ojos mortecinos. Muertos vivientes salidos de alguna horrenda película –serie B– de ciencia ficción.

Establecida ya la faceta melodramática de la contaminación, para que luego no se nos diga que somos prochinos (terrible acusación, esta...), reclamo licencia para pasar a cosas más livianas.

El *smog* y sus desastrosos efectos son abordables desde otra perspectiva, si no más feliz, al menos sí más vital. Del defecto, virtud. La desdicha cotidiana que padecen los chinos ha acicateado su espíritu mercantil. Aunque tampoco es que este necesite de mucho incentivo, la verdad.

Bajo la sombra de la catástrofe ambiental han nacido y prosperado toda suerte de negocios originales e imaginativos. Algunos con lógica, otros tirando a estrafalarios. Y así, se venden complejos aparejos creadores de genuina «atmósfera ecológica», máquinas limpiadoras de aire, y plantas que, colocadas en ciertos lugares estratégicos, se tragarían ellas solitas todo el monóxido para dejarnos el salón bendecido con puro oxígeno. Todo esto y mucho más está en el mercado. Y la gente se lo cree y saca la cartera. Pero, sin lugar a dudas, el negocio más floreciente, y el que más vende, es el de las mascarillas. No hay habitante de la ciudad que no disponga de un cajón lleno de ellas.

Al principio fueron meros tapabocas profilácticos. Un trozo de tela blanca, o de gasa, pegado a la boca y amarrado a las orejas con un par de bandas elásticas. Posteriormente se afinó el aspecto tecnológico. Las mascarillas se hicieron grandes, confeccionadas con materiales más sólidos que incluían filtros cambiables y artilugios sofisticados. Por último, para rizar el rizo, se incluyó el diseño decorativo en su fabricación. La idea, en un principio majara y alternativa, causó furor y se popularizó de inmediato. Había nacido una nueva moda.

Ahora se ven por la calle mascarillas de todos los colores y formas, representaciones y narrativas. Existe, por ejemplo, el caballero que lleva su embozo de color negro colocado a la manera de un proscrito, bandido romántico o asaltante de diligencias (suele añadirle sombrero para completar el cuadro). Y hay quien usa mascarillas de aspecto siniestro, con rejas metálicas, al estilo Hannibal Lecter. Cercanos a este concepto andan las tribus góticas, con tapabocas que muestran calaveras, o huesos pelados, mandíbulas descarnadas y dientes a la vista. En las antípodas están los niños de las flores, la paz y el amor universal, con mascarillas de colores suaves y dibujos que prometen un mundo mejor. También hay quien utiliza el objeto para enviar mensajes urgentes y encubiertos. Suelen ser chicas jóvenes que se cubren con mascarillas llenas de estampados con corazones palpitantes y labios pintados de rojo brillante, prestos a repartir besos al mejor postor. Y no hay que olvidar los tapabocas protectores de los niños, adornados con el *merchandising* del momento, ya sea Harry Potter, el rey mono, los eternos personajes de Walt Disney o los *mangas* preferidos de la criatura. Y luego existen los tradicionales chinos, con sus dragones, peces y leones, hoces y martillos o estrellas rojas. Y también los que van conjuntados con el atuendo, en color y estilo, y hay que reconocer que algunos de estos son muy elegantes y chic. En definitiva, se venden mascarillas para todos los gustos y para todas las ocasiones.

No creo que exista una industria *fashion* tan demente y singular como esta en ningún otro lugar del mundo. Lo que coloca a China en cabeza de la modernidad.

¿Qué digo, modernidad? De cualquier postmodernidad.

SUN, CHANG, LI, Y LA KRIPTONITA

A Gemma, proveedora de incomparables alegrías

Trae un par de botellas del mejor cava que encuentres. Lo dejo a tu criterio.

La petición llegó cuando la maleta estaba casi cerrada. G batallaba por cerrar un acuerdo con una firma china importante. No estaba solo en el empeño. Los aspirantes se habían lanzado en tropel, la competición se presentaba dura. Tras calibrar posibilidades, se le había ocurrido que una inversión en PR (*Public Relations*) podía decantar la decisión hacia sus trincheras. Invitaría a tres pesos pesados de la empresa, más consortes, a tomar un aperitivo en su piso de Beijing. En China, los encuentros —también los sociales— suelen darse en los restaurantes, y las invitaciones en las casas privadas se consideran un gran honor. Los ciudadanos del país sienten gran curiosidad por el modo en que viven los occidentales. G estaba seguro de que los ejecutivos de la compañía le aceptarían el convite, por muy atareados que estuvieran (llevaba razón).

En lo que concernía al cava no lo dudé un segundo. Si había que agasajar a unos mandarines, correspondía darles el Kripta de Torelló Mata. Es un cava inigualable que además acumula una porrada de puntos Parker. Y no hay chino con poder que desconozca al señor Parker.

G había pedido dos botellas. Me hice con tres. Tengo un *faible* pecaminoso por el Kripta. Con un poco de suerte, si los mandarines bebían con elegancia y mesura, la tercera botella podría liquidármela yo (*aux chandelles* conmigo misma). Una maniobra tramposa, me consta. Pero resultó ser providencial. Aunque, como se verá, por otras razones.

Hacía poco que G se había instalado en China. Estaba acampado en un piso de alquiler situado en el nivel 15 de un rascacielos rabiosamente contemporáneo con acabados de acero y cristal. El edificio debería haber brillado como un diamante al sol y me supongo que esa era la idea. Pero estaba tan polvoriento y ahumado que más bien evocaba la idea de un desecho industrial.

La sensación de abandono se prolongaba en los interiores. El *hall* era grande y desabrido. Olía a *noodles* y a ajo, y su única decoración consistía en unas rígidas palmeras de plástico esparcidas por los rincones para dar una nota de frescor y limpieza (objetivo fracasado). En medio de esta extensión vacía, surgía de la nada un simulacro de café bar, espacio delimitado por una docena de plantas, reales y más que mustias. Estaba siempre vacío, a excepción de la familia que lo regentaba. Se trataba de un colectivo prototipo – cuatro abuelos, dos padres y un hijo–, cuya domesticidad transcurría en aquel reducto expuesto como un escaparate. Salvo dormir por la noche, todo se hacía allí. Y era fácil seguir las fluctuaciones y estados de ánimo del elenco familiar. En fase de armonía, parloteaban y reían, y todos los miembros se mantenían geográficamente unidos, apiñados en mesas colindantes. En caso de bronca, la unidad espacial se resquebrajaba. Y la parentela se desperdigaba por mesas distantes en función de complejas alianzas y contraalianzas. Cuando esto sucedía, una nube oscura se cernía sobre el *hall*. Reinaba un extraño silencio, y la cafetería se cargaba de miradas sombrías y de tés solitarios, encadenados, uno tras otro, en completa mudez.

Pasado este fascinante microcosmos llegaban los ascensores. Tenían las paredes forradas de chapa de oro, y pantallas líquidas en las que se sucedían anuncios de toda clase. Luces y colorines eran cegadores, y no había modo de escapar de ellos. El bombardeo resultaba tolerable hasta el piso diez. Del diez al quince empezaba a producir un efecto mareante, y a partir del quince atacaba con saña. Quienes vivían en los últimos pisos salían del ascensor dando tumbos y llorando a mares. Mirar al suelo no era buena opción. Estaba alfombrado de colillas, restos de comida, basura menuda.

El departamento de G gozaba de espléndidas vistas urbanas. O las hubiera gozado de no haber sido por el detalle medioambiental. Beijing imponía su propia narrativa. De día, el aerodinámico *skyline* se medio adivinaba tras la espesa cortina de polvo pegada al cristal y el usual *smog*. De noche, los ventanales se convertían en una abstracción, una superficie opaca salpicada con manchas difusas de luz. Está de más decir que las cristaleras solo podían abrirse un par de centímetros, medida seguramente destinada a evitar oleadas de suicidios «rascacielinos».

El salón contenía un sofá desvencijado con manchas sospechosas, un aparador lúgubre de estilo impreciso, cuatro sillas aptas para trapenses, y dos mesas horripilantes —una alta y otra baja— de cristal esmerilado. La luz, cenital, procedía de un racimo de tubos de cromo y cristal que colgaban del techo como los de un órgano murciélago (cabeza abajo).

Los respiraderos de la calefacción y aire acondicionado despedían nubes de polvo que se acumulaban por los rincones formando pelotas de borra. Por las cañerías del cuarto de baño ascendían olores perfectamente reconocibles, por lo humanos. La cocina, minúscula, no tenía escapatoria. Su única salida al exterior era la boca de la campana de extracción. Había dos fogones y ningún horno. Los armarios estaban despoblados, si exceptuamos una cuchara, dos jarros para té, dos vasos, una cacerola sin asas y un plato (de postre).

La idea de recibir visitas de compromiso en semejante cubículo y con tan precario *atrezzo* era un desatino. Y lo mismo debía opinar G, pues poco antes del convite se esfumó, dejando una nota lacónica.

A quien nunca ha vivido en un país del que desconoce por completo idioma y alfabeto, le es difícil calibrar las dificultades que entraña cualquier gestión. En China, además, hay que sumar el obstáculo de la fonética. Es endiablada, y contiene un abanico de sonidos que el cerebro no reconoce, por la simple y sencilla razón de que jamás los ha oído. Tan solo para memorizar la dirección del lugar donde uno vive, hacen falta varios días y mucha práctica. Y más vale aprenderse la localización en el mapa porque tampoco hay garantía de hacerse entender, tan mal pronunciamos.

Así las cosas, salir a la caza de objetos varios «para el hogar» se convierte en una expedición más propia de exploradores temerarios que de amas de casa. En primer lugar hay que localizar las piezas, las más veces con papel y lápiz, dibujos y mucha mímica. Luego toca regatear con vigor, pues así lo dicta la costumbre. Si el vendedor tiene una calculadora a mano, bingo. En caso contrario, mejor ir asumiendo que la operación acabará en colapso nervioso. Discutir precios de viva voz, cantando los números, cuando uno no consigue entender ni hacerse entender, es agotador además de infructuoso.

Tras infinita paciencia –de los vendedores, mentiría si dijera lo contrario– y múltiples viajes al mercado del barrio, me hice con un mínimo ajuar. Cacharros varios, copas de cristal, una loneta floreada, muy vistosa, para cubrir el sofá, y unos cuantos manteles de color blanco inmaculado para las mesas. El vendedor de telas chapurreaba el inglés, y me juró por sus ancestros que todo su género era de fibra «natural». Hilo auténtico, el mejor algodón existente en la faz de la tierra. El tipo utilizaba una batería completa de argumentos, teóricos y prácticos, para demostrarlo. Uno de ellos consistía en aplicar un mechero encendido a la tela para que el cliente comprobara que no se fundía y convertía en petróleo. Eso solo debería haberme alertado. Pero era un encantador de serpientes, y me hizo la corte con la habilidad propia de los grandes chamarileros. Y la verdad es que los dos pasamos un rato muy entretenido. Él, engañándome, y yo, dejándome engañar. Ah, qué negociadora tan dura es usted —soltaba con absoluta desvergüenza—, usted *sí* que sabe de tejidos. Era mi primera estancia en China, por lo que resulta perdonable que picara el anzuelo. Compré las telas «de hilo y algodón» —volveremos a ellas— por cinco veces su valor y regresé al desecho industrial, muy orgullosa de mis habilidades comerciales.

Presentar un surtido de tapas españolas es fácil, con cuatro platos y unos boles se resuelve el asunto. Las botellas de Kripta, en cambio, plantean serios problemas de ingeniería. Son oblongas, sin base para apoyarse. Un diseño original, muy bonito, pero de difícil manejo. No me quedó otra solución que forrar una gran palangana con una de las piezas blancas de hilo y luego llenarla de cubitos de hielo. Fue entonces, al poner el hielo, cuando descubrí algo que me dejó perpleja. La tela no se mojaba, el agua resbalaba sobre ella como la lluvia sobre el cristal. Era un hilo, digamos, impermeable. Pasmoso.

No tenía importancia, el escenario estaba listo y había quedado francamente bien. La loneta floreada cubría el sofá, los manteles ocultaban la fealdad de las mesas. Las luces cenitales estaban apagadas, media docena de farolillos de colores con velas encendidas iluminaban los lugares estratégicos. El amarillo de la tortilla de patatas relucía junto al amatista del jamón entreverado de grasa. El aceite de oliva enviaba destellos verdosos sobre el pan con tomate. La tabla de quesos evocaba exotismos parisinos. Los boles con olivas negras salpicadas de pimientos rojos daban el toque pícaro, casi como un guiño cómplice. Un par de grandes ramos de flores añadían algo de sensualidad. Y las tres botellas de Kripta, medio acostadas sobre el brillante lecho de cubitos de hielo, remataban el conjunto. Eran espléndidas, lujosas.

Aquella misma tarde G volvió de Mongolia. Revisó puesta en escena y accesorios con ojos críticos. Demasiado barroco, rezongó, pero dio el visto bueno. A continuación se puso su mejor traje y salió en busca de los huéspedes. Yo me senté a esperar en aquel palomar contemporáneo.

Los convidados traían un regalo que me entregaron con ceremonia. Era un pañuelo gigante de seda con peonías dibujadas a mano. Precioso, y carísimo. Supe lo segundo mucho antes que lo primero porque la etiqueta con el precio colgaba de un lugar visible. Un detalle algo turbador. Pero G se apresuró a dar las gracias al tiempo que me propinaba un codazo. El mensaje estaba claro. Hice lo mismo, y ya me disponía a abrir el envoltorio cuando él me lo escamoteó limpiamente para hacerlo desaparecer en un cajón. Esta vez fue un pisotón en vez de un codazo (protocolo chino: mirar precio, agradecerlo, abrir el regalo más tarde, sin el donante presente).

Se siguieron las presentaciones. Los convidados se llamaban, sucesivamente, Sun, Chang y Li. Para que se hagan una idea, sería como si en una misma noche ustedes sentaran en su mesa a un Pérez, un González y un Fernández. O al trío La La La.

Así pues, allí estaban los tres caballeros. Pero, ¿y sus damas? Casualidad de casualidades. Aquella tarde la una debía cuidar del hijo, la otra no se encontraba muy bien, la tercera tenía a su madre enferma.

Más adelante, tras varios episodios similares, comprendimos que jamás las llevan a ninguna parte. En especial cuando se trata de frecuentar a extranjeros. Las esposas chinas son socialmente transparentes. La única excepción a esta norma son las artistas e intelectuales, o las ciudadanas que se han criado en Occidente.

Una posible hipótesis es que los varones nativos temen el contagio. El trato con occidentales liberadas podría sugerir ideas a sus mujeres, algo que sería inaceptable. Pocas veces he conseguido hablar con algunas de estas sufridas consortes. Y en esas raras ocasiones me han hecho preguntas muy difíciles de responder. Tipo ¿cómo te las arreglas para que tu marido te deje ir y venir a tu antojo? O ¿se enfada mucho contigo?, cuando no algo peor. Quizá, apunté yo una vez con tacto, lo mejor y más práctico sería no tener marido. Pero la idea de la soltería es absolutamente inaudita en China. Y perniciosa. La mujer que vive sola apenas existe, está mal vista. Y la que elige esta opción necesita unas agallas considerables para enfrentarse al desdén, si no a la abierta hostilidad, de su medio social. Ni artistas ni grandes profesionales se salvan del estigma. He conocido a algunas, buscan soluciones de compromiso. Se casan y llegan a acuerdos con sus parejas. Cada uno hace su vida, con discreción. Pero a efectos sociales siguen el camino marcado. Llevan anillo de casadas. Eso es lo que cuenta.

Invitamos a Sun, Chang y Li a ponerse cómodos en el único sofá de la casa. Tenían cuerpos menudos, cabían sobradamente en él. Así que se sentaron, los tres a la vez. Y entonces —oh, milagro— se escucharon una serie de extraños crujidos y silbidos, como si de súbito nos hubiéramos visto invadidos por una plaga de serpientes cascabel. Y sobre la tela floreada que cubría el sofá danzaron cientos de chispas plateadas que envolvieron a nuestros huéspedes en un halo psicodélico.

Hay que admitir que los tres tenían sangre fría. Y que eran muy educados. Tras el desconcierto inicial, durante el cual pegaron un pequeño brinco y levantaron el culo del asiento eléctrico todos a una, simularon no haber percibido nada anormal. Y se reacomodaron, con absoluta formalidad, entre nuevos sonsonetes y fuegos artificiales.

G me lanzó una mirada asesina. *Sus* invitados habían estado en un tris de morir electrocutados ¿Con qué demonios había cubierto yo el sofá? Electrificarse en Beijing es usual, pero no hasta tal punto. Aquel despliegue de carga estática significaba que el vendedor de telas me la había dado con queso. El tejido era ultrasintético. Probablemente plástico puro.

La cosa ya no tenía remedio. Me apresuré a pasar la bandeja con las tapas. G descorchó el cava. Comida y bebida borrarían todo lo demás.

La primera botella de Kripta hizo su camino entre miradas admirativas. A los tres ejecutivos se les iluminaron los ojos al posar sus ojos en ella. Hay que reconocer que tenía un aspecto fabuloso a la luz de las velas. Con su forma curvilínea y esa gran etiqueta azul en la que hay una testa clásica coronada por guirnaldas de uvas y hojas de parra.

Se llenaron todas las copas. Las pequeñas burbujas del cava escalaron las paredes de cristal, la habitación parpadeó con alegría, oro y púrpuras navideñas.

G alzó su cava para brindar. Igual que tres soldados rasos a toque de trompeta, Sun, Chang y Li salieron propulsados del sofá, copas también en alto. El movimiento, acompañado por una nueva catarata de chispas y sonajeros, desconcertó un poco a G (por lo rápido y sincronizado). Él iba a hacer un brindis breve, de trámite.

Pero ahora, con los convidados marcialmente firmes, se veía obligado a improvisar un discurso de más empaque.

Lo supe antes de que abriera la boca. Tendríamos ditirambo. Y no se iba a cortar un pelo, G posee un estómago a prueba de balas.

Arrancó su parlamento en la dinastía Ming. No debía tener muy claras fechas y cronología, porque usó el recurso *flash back* y *flash forward* con gran soltura creativa. Mezcló a los mongoles con la gran muralla, a Confucio con Genghis Khan, y a la dinastía Qing con la pólvora, la tinta y el papel. Siguió luego, con vigor y ardor, por los meandros de la revolución sin olvidar hacer un encendido elogio del *chairman* Mao. De ahí hizo un salto hasta Fu Jintao —al parecer, había olvidado el nombre de los de enmedio— y, ya para finalizar, abordó con ímpetu los logros actuales del país. Su extraordinaria conversión en primera potencia mundial. Ningún país del mundo. Jamás, en toda la historia de la civilización, había conseguido progresar tanto en tan poco tiempo. ¿Y de quién era el mérito? De los ciudadanos chinos, sí, pero sobre todo, sobre todo, del *partido* que había sabido dirigirlos, conducirlos por la senda correcta. En consecuencia, él, afortunada ave de paso en este gran país que le daba acogida, proponía un brindis por el Partido.

(NOTA CÍNICA: Al brindis no le faltaba astucia. Míster Li era el representante oficial del *partido* en la empresa).

Para cuando G terminó su *speech*, andaba tan metido en el papel que le brillaban los ojos. También su audiencia estaba embargada por la emoción. Los invitados habían seguido el discurso con expresión conmovida. Y líquida. De hecho, los ojos les chispeaban tanto como el cava. ¿Lágrimas? Todo un descubrimiento, los chinos son muy sentimentales.

Gambei! Gambei!

Nos sentamos. La tela del sofá volvió a obsequiarnos con un despliegue de pirotecnia. Para entonces nos habíamos acostumbrado. Los efectos especiales nos parecían naturales, incluso deseables. Coloreaban la velada.

Bebimos todos. Y ahí se nos empezaron a torcer las cosas. Porque tras el primer sorbo de *kriptonita* los tres caballeros hicieron una mueca de disgusto. Posaron las copas en la mesa y dejaron de beber.

En vano les explicamos que el Kripta estaba considerado como uno de los mejores, si no el mejor, cava del mundo, cosa que Parker había corroborado con sus puntuaciones. Asintieron. Se lo creían. Pero no tomaron un sorbo más. La situación era delicada, y susceptible de empeorar. Porque Sun, *chairman* de la empresa y, por ende, el más aplomado del trío, decidió poner la directa. Si a nosotros no nos importaba, él prefería beber vino tinto. Como un eco, Li y Chang se sumaron a la petición. También ellos preferían vino tinto, muchas gracias. Por si no había quedado lo suficientemente claro. Míster Sun reiteró el deseo general, cogió una oliva y echó una explícita mirada a su reloj de pulsera.

Estábamos en aprietos.

G mantuvo la compostura. Claro que sí, faltaría más. *No problem at all.* Marchando el vino tinto. Se levantó y antes de salir me envió un SOS mudo. Balbuceé una excusa, fui tras él. Ya en el exiguo espacio de la cocina, pegados el uno al otro, mantuvimos un frenético diálogo entre susurros histéricos.

—¿Por qué les has dicho que tienes tinto?

—Lo tengo. Tempranillo. Me tocó en una rifa.

—¿Una rifa?

—Sí. Es infumable.

—¿Dónde está?

—Debajo de mi cama.

—¿De tu cama? ¿Por qué?

—Yo qué sé. No pensaba beberlo, me voy librando de él de a poco. Lo regalo por ahí.

—Muy bonito. ¿Lo sacamos de todos modos?

—Sí. Pero sin la botella.

—¿Cómo que sin la botella?

—Tiene burros, banderas y cosas de estas.

—¿Burros?

—Me tocó en una fiesta de los catalanes ¿Qué más da? ¡Deja de hacer preguntas inoportunas! —la voz de G adquirió un deje irritado. La tensión suele agriarle el carácter.

Lo apacigüé con la única buena noticia del momento. Dios es bueno. Entre el ajuar comprado aquella mañana había una garrafa de cristal que podía muy bien pasar por un decantador.

—Muy bien. Ve a buscar el vino —me ordenó sin contemplaciones—, yo los entretengo con las vistas de la ciudad.

—¿Qué vistas?

Era un día particularmente contaminado, no se hubiera divisado un elefante a diez metros. Pero es cierto que para ir del dormitorio de G a la cocina había que cruzar antes el salón. Hacerlo cargando con unas botellas que luego no aparecerían por ninguna parte levantaría sospechas. Por otra parte, me constaba que G era capaz de vender vistas y horizontes donde no los había. En definitiva, me presté al plan.

Los bajos de la cama estaban repletos de borra y toda clase de cajas chinas, presumo que regalos de empresa, clientes y similares. Pero la caja de vino era inconfundible, estaba pintada con las barras amarillas y rojas de la catalanidad. Cogí un par de botellas. Las etiquetas tenían una bandera independentista con lema en inglés, *Freedom for Catalonia*. De cada botella colgaba un burrito encantador, gris, de plástico, atado con una cinta, de nuevo con las barras catalanas. G llevaba razón, aquello no se podía sacar a la mesa. Le restaría demasiados puntos.

Pasé de puntillas por el salón con mi preciosa carga. De reojo vi a nuestros tres invitados. Estaban frente a los ventanales, contemplando, con reconcentrado interés, el humo exterior y el polvo pegado a las cristaleras. Mientras, G apuntaba los diversos edificios emblemáticos del *skyline* ciudadano. Mejor dicho, señalaba el lugar donde, se suponía, debían hallarse las joyas arquitectónicas.

Trasladé el vino al decantador, tenía un color tremendo, episcopal. Aquello sería un fiasco, no pasaría el examen. Me colgué un trapo blanco del brazo. Puestos a participar en una farsa, mejor hacerlo con profesionalidad.

En el salón fui recibida con amplias sonrisas. Ah —dijo míster Sun, con satisfacción de *connaisseur*— , ha dejado usted que el vino respirara un poco. Excelente idea.

Tuve la decencia de sonrojarme.

Los tres convidados asieron muy delicadamente sus copas por el tallo. A continuación oxigenaron el vino. Le dieron vueltas y vueltas y más vueltas. Y el vino giró y giró y giró como un derviche en trance.

El aire del salón se podía cortar con un cuchillo. G se largó a hablar de la variedad tempranillo y su relación con España. De ahí pasó a la plaga de la filoxera y la salvación de las cepas europeas por la vía americana. Tras el ataque de verborrea, a todas luces nerviosa, se le acabaron, inspiración y elocuencia. Silencio. La tensión era extrema.

Sun, Chang y Li dejaron de marear el vino. Entonces pasaron al siguiente paso de la cata. Levantaron las copas, se las pusieron bajo las narices, y olfatearon con cara de expertos. Los segundos avanzaban, eternos. Por fin se llevaron el brebaje a la boca.

Contuvimos el aliento. *Alea jacta est (erat).*

Chang y Li no quitaban los ojos a su superior jerárquico. Estaba claro. Su veredicto sería dogma de fe. Míster Sun cerró los ojos, paladeó el vino, hizo un par de buches. Y su rostro se ensanchó de placer.

Estábamos salvados. Y con creces. Teníamos cinco botellas del abominable caldo.

A partir de ese momento la velada transcurrió sin más sobresaltos. Los tres ejecutivos comieron de todo y, sobre todo, bebieron mucho vino.

Comunicarse en un tercer lenguaje, que no es el de unos ni el de otros, juega en favor de la cordialidad. No hay vocabulario suficiente para abordar temas profundos, las charlas suelen girar en torno a cuatro generalizaciones inofensivas. Con los ciudadanos chinos siempre se puede recurrir al humor y al ingenio, ellos aprecian y practican ambos. Ahora bien, es crucial no tocar temas políticos. La política es tabú. Hay que callarse, no opinar. En caso contrario, no solo se compromete uno mismo, sino que pondría en un serio apuro a su interlocutor nativo, que no está en condiciones, por razones obvias, de decir lo que piensa. Entiendo que eso va contra la libertad de expresión, cosa muy mal vista en nuestros países occidentales. Pero la autocensura no deja de tener algunas ventajas. Por ejemplo, garantiza la buena digestión. Evita esos debates espesos y discursos vehementes que se dan con tanta frecuencia en las comidas patrias. En Beijing la vida social transcurre apacible y ligera, sin cortocircuitos o tiranteces innecesarias.

Nuestros invitados podían tener cualquier edad comprendida entre los treinta y los cincuenta años. Difícil adjudicarles una década concreta, y no solo a ellos. Los chinos envejecen mucho mejor que nosotros. Apenas se les arruga la piel, no engordan, y mantienen una flexibilidad envidiable hasta edades muy avanzadas. No pierden pelo, y si encanecen se tiñen *—ipso facto—* de negro universal (ver capítulo 10).

Formaban un terceto divertido. Míster Sun, *chairman* de la empresa, tenía unos ojitos vivos a los que no escapaba nada (quitando la mala calidad del vino). Bromeaba con suave ironía y parecía inmensamente astuto. Míster Chang, su capataz, era un carácter opuesto. Llevaba gafas gruesas, hablaba poco y se reía mucho, en especial cuando su jefe hacía chistes. En general, se comportaba como un alumno aplicado y honesto. Y en cuanto a míster Li... Bien, él era el representante del *partido* en la empresa, la voz de Dios sobre la tierra. No tenía perfil de ejecutivo sino de funcionario estatal, y durante la primera media hora se comportó como tal. Fue parco, prudente y circunspecto. Pero tras la cuarta copa del vino, cambiaron las cosas.

Llevaba ya un rato revolviéndose en el asiento, un desasosiego que se hacía notorio debido a la estática (nos acompañó lealmente a lo largo de la velada). Por fin, tras darse ánimos con una sexta copa de vino, explicó que la gran pasión de su vida era el canto. Si a nosotros nos parecía bien, sería para él un honor ofrecernos una muestra de sus habilidades. Ah, aseveraron Sun y Chang, Li era un cantante estupendo. Había que oírlo.

No se hizo rogar más. Ni corto ni perezoso se puso en pie. Cruzó las manos sobre el pecho, respiró hondo. Estiró el pescuezo y abrió la boca.

El potente chillido que salió de sus pulmones hizo temblar los ventanales del rascacielos. Y si las copas hubieran sido de cristal —no lo eran, deberían haberlo sido—, hubieran estallado en mil pedazos. El funcionario cantaba ópera china, trabajaba en registro de falsete. Tenía una voz penetrante, perforadora. Fue un recital extraordinario, una sucesión de trinos totalmente incomprensibles, vociferados en octavas elevadísimas. Allá, mucho más allá, de cualquier pentagrama conocido.

El recital marcó el final del pica pica. Los invitados se levantaron, tenían otras dos cenas de negocios esa misma noche. El chófer esperaba abajo. Los acompañamos hasta la salida y allí sucedió algo extraño. No se acababan de ir, se hacían los remolones. La puerta del piso estaba abierta, ellos tres en el umbral. Desde allí nos daban las gracias, se despedían una y otra vez, pero no se iban. Incongruente.

Tras mucha vacilación y protocolo, desaparecieron pasillo abajo. Cerramos al puerta, aliviados. El esfuerzo había requerido mucha energía. Estábamos exhaustos. Nos felicitamos y congratulamos. Nos pondríamos el pijama —es un decir—, tomaríamos una copa en silencio, nos liquidaríamos el jamón. Hora de relajarse.

Acabábamos de sentarnos para disfrutar de nuestra bien merecida paz cuando unos tímidos *toc toc* en la entrada al piso nos arrancaron del beatífico estado.

G abrió la puerta. Allí estaba otra vez el trío La La La, nuestros huéspedes de honor. Saludaron de nuevo, se disculparon profusamente. Míster Sun asumió el mando. Si no era mucha molestia, ¿podían llevarse las botellas de Kripta? Vacías, especificó Míster Li acto seguido. Pero con las chapas y los tapones, puntualizó Míster Chang como una reverberación lejana…

Pasado el primer momento de aturdimiento, reaccionamos. Corrí a vaciar la valiosa kriptonita en la única cacerola de la casa. Poco después, Sun, Chang y Li desaparecían de nuevo pasillo abajo, esta vez definitivamente. Cada uno con una botella de Kripta vacía bajo el brazo.

Menos mal que teníamos tres botellas. De haber sido solo dos, qué dilema.

Era impensable, una herejía, dejar que la *kriptonita* se dilapidara y perdiera sus burbujas en la olla. Nos la bebimos toda aquella misma noche. A golpe de cucharón. En la vida habíamos estado más alegres. Y G consiguió su contrato.

FAVOR DE NO ESCUPIR

To dear Christianne, and our summer evenings
(κήπος , κρασί, κουτσομπολιό)

El gobierno ha lanzado una serie de advertencias a los ciudadanos chinos, consejos para cuando estos salgan al extranjero. Por lo visto, la imagen de China que exportan estos viajeros, clase media emergente, no es la que debería ofrecer un gran país como el Imperio Celestial. El Partido está preocupado.

Ha habido quejas. Y la prensa mundial se ha hecho eco de un puñado de anécdotas –acontecidas fuera de casa–, que han sembrado alarma entre los cuadros jerárquicos.

Un viajero chino, harto de aguardar que se abriera la puerta del avión una vez aterrizado, la emprendió con la de emergencia, desplegó el tobogán y se bajó tan lindamente por él. Pocas semanas más tarde, otro nacional, no tolerando el calor del aparato, abrió una de sus puertas para que entrara un poco el aire justo antes del despegue. En Egipto, una señora de Yunnan dejó una inscripción en un bajorrelieve del Templo de Luxor (*Pei Pei ha estado aquí*, rezaba, con candidez). Y en un restaurante de Berlín una abuela devota utilizó una botella de agua para que su nieto orinara en medio del horror del resto de comensales. Leyendo todo esto, es difícil no soltar la carcajada. Resulta obvio que no hay malicia alguna en estas meteduras de pata. Son gestos pueblerinos, ni más ni menos.

Por el momento, y en espera de que los ciudadanos adquieran el nivel suficiente de sofisticación como para andar por el mundo sin abochornar a la República Popular China, el gobierno ha hecho una declaración oficial. En términos generales recomienda a todos los nacionales que sean buenos embajadores de su país. Que lo hagan quedar bien, en suma. Pero el boletín incluye también una larga lista de consejos precisos, y preclaros. Algunos, como «no escupir» o «no hacer pipí en las piscinas», son justificables, y cualquiera que haya vivido un poco por aquí entenderá el porqué. Pero hay otros, más novedosos, que iluminan aspectos desconocidos sobre las correrías de los chinos en el extranjero. Tal es el caso de «no dejar huellas de los zapatos en las tazas del inodoro» o «evitar el acoso a los locales para que le hagan a uno fotografías», «no beber la sopa directamente del plato», «llevar los pelos de la nariz cuidadosamente recortados» o, quizá el más extravagante de todos: «no sustraer los chalecos salvavidas de los aviones como *souvenir*».

La lista es larga e incluye también otro paquete de advertencias, protocolos a seguir cuando se visitan países concretos. Algunos no tienen desperdicio, por lo sabrosos. Verbigracia... «en Alemania no chasquee los dedos para llamar a las personas, el gesto sólo se usa con los perros». O, aún mejor, «En España las mujeres deben utilizar siempre pendientes cuando salgan a la calle, de otro modo se considera que van prácticamente desnudas».

Visto el muestreo, es comprensible que los viajeros se sientan apabullados. La semana pasada, el *China Daily* entrevistó a una familia de Sichuan a punto de partir para un *tour* Europeo. El hijo, un estudiante de veinte años, se lamentó con vehemencia; las normas del Ministerio de Turismo eran demasiadas, y demasiado específicas. Su madre, algo más discreta pero igualmente quejosa, arguyó que le había sido imposible aprendérselas todas antes de emprender el viaje. Más aún, añadió la abuela paterna con firmeza de matriarca, hay diferentes reglas para cada país –pensaban visitar seis o siete–, no hay modo de retenerlas todas. Confunden. No son factibles, concluyó, por último, el padre de la familia.

* * *

La —mala— reputación de los varones chinos no es un infundio. Es cierto que viven inmersos en una curiosa nube escatológica. Una serie de hábitos que reproducen una y otra vez, casi como tics nerviosos, y que transportan con ellos. El más afamado es el de los escupitajos. Los nativos poseen gran talento para formar gargajos que luego escupen con donaire y a distancias largas. Sin embargo, y aun sin pretender restar mérito a los esputos, el asunto de los mocos resulta aún más llamativo. En unas ciudades siempre polucionadas, la rinitis de la ciudadanía es casi crónica. Pero raras veces se ve a alguien utilizando un *kleenex* o el pañuelo. El percance tampoco se resuelve en la manga de la chaqueta, otro clásico. No. Aquí los hombres se suenan la nariz con el pulgar y el índice y a continuación arrojan el resultado al suelo. Siguiendo en la misma línea, también se rascan profusamente y en cualquier lugar del cuerpo. Hacen pelotillas con materia extraída de diversos agujeros, se cortan y limpian las uñas en público, y se hurgan los dientes con lo que se les antoja.

Este despliegue de encantos es un rasgo propio, casi exclusivo, de los hombres. Quizá una herencia de los años adolescentes, esa época en que los chavales exhiben su virilidad de manera impertinente y pueril. También es posible que el desdén por las formas refinadas se considere un signo de virilidad y, por lo tanto, suponga un atractivo extra para el sexo opuesto.

De todos modos, y dejando a un lado este distintivo varonil, no se puede decir que en China la pulcritud sea un concepto muy valorado por la ciudadanía. Ciudadanía, hemos dicho. Y hay que recalcarlo. Porque otra cosa, muy distinta, es la oficialidad. El servicio de recogida de basuras, sin ir más lejos, es excelente. Aquí no se ven los *containers* rebosantes de porquería que uno encuentra en tantos países. Salvo por el polvo —que es recurrente y de difícil control—, las calles y aceras de la ciudad están cuidadas. Más que en muchas capitales, incluidas algunas europeas. Y esa es la tónica casi general en casi todo el país.

La suciedad de China es enteramente responsabilidad de sus habitantes, que no de las autoridades. La gente limpia poco, y cuando lo hace es de manera superficial. Un pasar la escoba con desgana, o un baldear indeciso, sin propósito. G, por ejemplo, tiene una chica de hacer faenas que le llega ataviada de blanco impoluto y con taconcitos de aguja. Y de esta guisa trabaja sus horas. Mariposea por la casa, revoloteando como un hada feliz, o una *tinker* campanilla; a veces con el mocho, otras con el plumero, otras con un trapo de gamuza. Su quehacer es leve, coreográfico, discreto. Y la huella que deja a su paso tan tenue que apenas se nota. A G le entusiasma. Nunca he tenido una señora de la limpieza que interfiera menos, suele decir, extasiado. Puedo seguir con lo mío sin que me moleste o me expulse de ninguna parte. *No comment.*

El desorden y la suciedad campan a sus anchas, y es patrimonio de ellos y ellas por igual. En los salones de masaje, cuando uno se coloca cabeza abajo —en ese círculo vacío, como una mirilla, que tienen todas las camillas—, dispone de tiempo sobrado para analizar el panorama. Suele estar compuesto por zapatillas viejas, papeles tirados, cáscaras de pipas y cacahuetes. Y la suciedad no se limita a los rincones invisibles. Las cortinas de los locales están mugrientas, el polvo de la ciudad se acumula en las ventanas, convertido en carbón. El desaliño es la tónica general en cualquier tienda, despacho, oficina, consultorio. Y tampoco se libran los espacios privados. La mayoría son meros depósitos de trastos y sobrantes de todo tipo. En las casas impera el descontrol por acumulación; nada se tira, todo se guarda.

Muchas de las viviendas no tienen retretes privados, en la calle hay baños públicos y gratuitos en cada esquina. Su grado de suciedad varía bastante, desde lo tolerable hasta lo insoportable. Pero tienen algo en común, y es que por mucho que la municipalidad se ocupe de ellos, la limpieza no les aguanta más que unos minutos. Su diseño es moderno y eficaz: agujeros en el suelo, barreras metálicas, perchas para colgar el bolso, cisternas que funcionan, lavabos correctos. Una ciudadanía un poco cuidadosa sabría hacer buen uso de estos equipamientos sin desparramar demasiados fluidos personales. Pero es obvio que a la población el asunto le trae sin cuidado.

Bebés y niños orinan y defecan en cualquier parte. Los más pequeños no suelen llevar pañales, visten pantaloncitos que tienen una raja muy apropiada en el trasero. Digo apropiada porque coincide, exactamente, con la del culo. Cuando el crío tiene ganas, a la madre le basta con apartar un poco la tela y acuclillar a la criatura donde le pille la necesidad. Y si se da la circunstancia de que en ese momento están en el metro, o en un lugar cerrado, el asunto se soluciona de forma expeditiva, echando mano de una botella de agua o una bolsa de plástico.

Lo más regocijante del caso es que estos mismos ciudadanos chinos que escupen, se rascan y ensucian los baños, son los que luego se pasean por el extranjero con la mascarilla permanentemente puesta. Como si el resto del mundo fuera una *terra incognita* plagada de peligrosos bacilos y bacterias. Y ellos poco menos que unos suizos elevados al cubo.

Casi puedo ver la mueca de asco del lector. Llevará un rato arrugando la nariz, echando pestes silenciosas de los chinos. Sin embargo, no hay que apresurarse a hacer juicios de valor. Todo es cuestión de educación, tiempo, progreso económico. Y los cambios suceden en un suspiro; una o dos generaciones, a lo sumo. En España no hace tantos años que se retiraron esos carteles que advertían «FAVOR DE NO ESCUPIR». Y cuando mis hermanas y yo éramos niñas e íbamos al pueblo de nuestra aya, hacíamos las necesidades —mayores y menores— directamente en el corral, con, entre, y como los animales. Éramos inmensamente salvajes y felices, y andábamos siempre llenas de piojos. No digo yo que los piojos y el retrete en el establo sean el estado ideal de la humanidad, pero tampoco conviene escandalizarse demasiado cuando uno viaja a lugares que se hallan en diferente fase evolutiva a la nuestra.

Por otra parte, hay países ricos y desarrollados con algunos espacios públicos y privados que no brillan, precisamente, por su limpieza. Aún me estremezco al recordar una noche que pasé en la sala de urgencias de un hospital público en un barrio «distinguido» de Londres. La sala estaba tan asquerosa, tan plagada de gasas usadas, basura y polvo, que de no haberme estado retorciendo de dolor, juro que me hubiera arremangado y puesto a fregotear allí mismo. En la misma isla —mi muy amada y herética lechuga— tengo amigos maravillosos. Gente cultivada, refinada, educada... y desaseada. Sus hogares son un revoltijo de cualquier cosa; mineral, vegetal o animal. Desorden no es lo mismo que suciedad, desde luego. Pero cuando el desorden alcanza ciertos niveles de excelencia, es un impedimento definitivo para la limpieza. De todo esto se deduce que aseo y cochambre no son valores morales ni absolutos. Admiten mucha flexibilidad, no vale la pena juzgar a nadie por ellos.

Se me argumentará que la higiene es importante. Sí, claro. Pero en demasía tampoco es sana. No lo digo yo. Lo dicen los científicos, que alertan sobre la falta de exposición de los niños occidentales a las bacterias con las que estamos obligados a convivir. Estos hijos, criados entre algodones y excesos de asepsia, viven entre tanda y tanda de antibiótico, y no padecen menos enfermedades que los de generaciones anteriores. Y ello pese a estar mejor nutridos y cuidados.

Volviendo a China. Resulta paradójico que aquí no exista el civismo. Un país que ensalza los valores colectivos por encima de los individuales debería, por lógica, promover las virtudes cívicas. Mi amiga griega Elena, doctora en filosofía comparativa que investiga las sociedades tradicionales chinas y asuntos tan intrincados como las coincidencias entre Confucio y Sócrates, sostiene que esta carencia se debe a que los chinos desconocen —históricamente— la relación del individuo con la *polis*. A lo más que han llegado, como estadio comunitario, es al grupo de vecinos comadreando bajo un emparrado de calabacitas (esto último es de mi cosecha, las doctoras no hacen comentarios tan frívolos).

Sean peras, o manzanas, o calabacitas, la verdad es que por el momento no tenemos civismo, ni mucho ni poco. En las colas del supermercado, o de cualquier otro sitio, la gente se abalanza y empuja, y practica el sálvese quien pueda más desvergonzado. El tráfico es una pesadilla de alto riesgo por la misma razón. Los lugares públicos se usan sin respeto alguno. Y, en general, cada ciudadano va a lo suyo, dejando un reguero de huellas y rastros, y mostrando una notoria desconsideración hacia sus semejantes. Pero todo eso sin mala uva ni maldad. Es más, con sonrisas y jovialidad. Contradicciones, incongruencias a las que uno trata de hallar explicación. Una posible sería que todos estos gestos «rebeldes» son brotes anárquicos, desahogos saludables del individuo frente al colectivismo imperante (e impuesto). Una suerte de resistencia caótica y no programada, muy personal. Quién sabe.

Y aun con todo. Los chinos son obedientes, en eso conservan el tatuaje confuciano muy marcado. La autoridad, cualquier autoridad, es incuestionable. Y se asume, de modo tácito, que busca el bien de sus «hijos». Cuando, hace dos semanas, el Partido dijo «hasta aquí hemos llegado, se acabó el fumar en los lugares públicos», los expatriados creímos que pasaría lo que en otros lugares del mundo. Es decir, que habría un periodo de transición durante el cual las transgresiones serían constantes. Hasta que poco a poco la gente se iría haciendo a la idea de que no hay más remedio que acatar. Pues no. Nuestros vecinos, amigos y conciudadanos dejaron de fumar —en público— de la noche a la mañana. Y no hemos visto un sólo cigarrillo más en los restaurantes y bares, antes siempre envueltos en una espesa niebla de humo.

Eso significa que algún día, no muy lejano, todo lo demás acabará también por ser regulado (para bien y para mal). Imagino que ahora mismo el *partido* tiene cosas más importantes que hacer que promulgar leyes contra los escupitajos y mocos callejeros, las pelotillas y la caspa. Pero seguro que cuando resuelva otros asuntos más urgentes también la emprenderá con este.

Entre tanto, conviviremos con todo ello sin hacer demasiados aspavientos. Porque no hay nada más ridículo que el expatriado relamido. Ese que se lava los dientes con Coca-Cola por miedo a pillar una gonorrea.

CONFUCIO VIAJA (TAMBIÉN) EN PRIMERA

To Dominic, partner in crime

Solo habíamos conseguido billetes en primera clase. Un atraco a mano armada. Y encima asientos pésimos. En el inicio del vagón. Sin ventanilla exterior, frente al retrete. De Beijing a Shanghái, unas cinco horas. Tiempo más que suficiente para que el baño despidiera un olor nauseabundo.

Quizá el revisor, o cualquier otra autoridad ferroviaria, pudiera reubicarnos en algún asiento libre mejor emplazado. Hablaríamos con el primer uniforme que asomara por el vagón. O, mejor dicho, gesticularíamos frente al primer uniformado que se nos pusiera delante.

No tardó mucho en presentarse la ocasión. La oficialidad llegó en forma de una muchacha energética vestida con un traje chaqueta de remembranzas militares. Lo militar no era una rareza. En China existe una especie de chifladura colectiva por los uniformes, en especial los de corte castrense. La ciudadanía los ama, no pierde la ocasión de enfundarse en ellos. Los novios se engalanan como generales y almirantes para sus bodas, y en cualquier garita de barrio los conserjes visten como guerreros listos para partir al frente de un momento a otro. La presencia militar en las calles es usual. Hay bandadas de soldados vistosos, marchando con su oficial a la cabeza, por todas partes. No se entiende muy bien de dónde salen y a dónde van, mucho menos para qué sirven. Pero tienen el don de la ubicuidad.

Dejando lo bélico a un lado, en este país la afición a los uniformes de cualquier clase es generalizada y obsesiva. Seguramente guarda relación con la idea, confuciana, del respeto al orden jerárquico. Los uniformes representan a la autoridad. Y aquí la autoridad no es motivo de cuchufleta, como sucede en nuestros países, sino de veneración y temor. En consecuencia, quien posee una pequeña parcela de ella se la toma muy a pecho. Aunque la potestad solo le sirva para controlar la barrera de entrada al *compound*, la taquilla del metro o la puerta giratoria de un restaurante.

El uniforme de nuestra autoridad en concreto consistía en una americana con hombreras y galones dorados, pantalón recto, gorra con visera y cordón de trenza dorado. Todo en tonos granate amortiguado. Imponía bastante. Más aún porque cuando nos dirigimos a la señorita en cuestión, lo primero que hizo fue cuadrarse llevándose la mano a la visera. El gesto, demasiado trascendente para lo que requería la ocasión, debería habernos puesto en guardia. Aquella oficial ferroviaria estaba totalmente abducida por su uniforme, creía en su papel a pies juntillas. Y tamaña fe siempre entraña riesgos.

De haber sido más cautelosos nos hubiéramos callado. Hubiéramos soportado con alegría las pequeñas calamidades del momento en lugar de vernos expuestos a las que se siguieron a continuación. Pero éramos inexpertos. Nuestra bisoñez se tradujo en imprudencia.

Le comunicamos, fundidos en sonrisas y disculpas, lo que deseábamos. La pantomima no era muy compleja. Habíamos decidido obviar la amenaza del retrete y el olor —que ya empezaba a sentirse—, pues eso es muy subjetivo. Y en China, donde la limpieza carece de importancia, aún más subjetivo. Así que nos concentramos en el asunto de la ventanilla. Éramos extranjeros, su país era maravilloso. Queríamos conocerlo, ella entendería que quisiéramos mirar el paisaje por la ventana.

Nos contempló, y escuchó, con solemnidad y expresión absolutamente hermética. Alargó la mano, dedujimos que pedía ver los billetes y se los dimos. Luego sacó un fajo de papeles de la cartera.

Cotejó los billetes con ellos y, lápiz en mano, revisó con escrupulosa atención una lista larguísima.

G y yo nos miramos, esperanzados. La estrategia funcionaba. La chica tenía pinta de eficiente y resolutiva. Nos estaba buscando algún asiento libre en otra parte. Cuánta gentileza.

Por fin nos indicó que nos levantáramos y la siguiéramos. Hizo ademán para bajar nuestro equipaje del maletero, pero G se le adelantó de inmediato. No iba a permitir que encima llevara ella la maleta. Faltaría más.

La solícita oficial se puso en marcha avanzando por el pasillo del mismo vagón. Naturalmente, la seguimos como corderitos. No fue un trayecto largo. En absoluto. De hecho, finalizó, de modo abrupto e inesperado, tan sólo cuatro filas más allá. Allí había un par de caballeros plácidamente sentados al lado de la ventanilla. Uno leía el periódico, el otro chateaba por el móvil.

La autoridad ferroviaria les largó una parrafada en tono firme y cortante. La escucharon. Uno de ellos levantó una ceja pero, en conjunto, se podría decir que ambos recibieron sus palabras con absoluta impasibilidad. A continuación los dos se pusieron en pie, tomaron sus respectivos equipajes y abandonaron sus lugares.

La oficial nos señaló los asientos recién desocupados. Y la ventanilla. Ahí teníamos lo que habíamos pedido.

Pasado el primer momento de estupor e incredulidad, reaccionamos. Protestamos con vehemencia. En inglés, en español, por gestos. De ninguna manera íbamos a permitir que se desalojara a otros pasajeros en beneficio nuestro. Qué espanto. Y para establecer nuestras posiciones sin lugar a malentendidos, iniciamos el regreso precipitado a nuestras plazas de origen.

El desacato no sentó nada bien a la autoridad, que nos siguió con paso marcial, y con la clara intención de cortarnos la retirada. Tras ella, pisándole los talones, iban los dos disciplinados caballeros, maletas y enseres en mano.

G y yo nos aferramos a nuestras sillas, prestos a la resistencia. Pero la oficial ferroviaria no estaba dispuesta a tolerar semejante rebelión. Se reacomodó la americana, nos obsequió con un nuevo saludo soldadesco. Y acto seguido nos dedicó un sermón desaprobador. Señalaba nuestros asientos, los de cuatro filas más atrás. Era una regañina por todo lo alto. Entre tanto, los caballeros desalojados aguardaban pacientemente con sus respectiva maletas y bolsas. Y frente a la puerta del baño. Para entonces los servicios ya estaban en pleno funcionamiento. Nos envolvía un penetrante olor a orina.

En vista de que no nos movíamos, la chica pretendió bajar nuestro equipaje del maletero. G se levantó para frenarla. Durante un segundo hubo un tira y afloja. La cosa se estaba poniendo fea. Se había convertido en algo personal, una cuestión de honor, un pulso por el poder. Le hice notar a G que la muchacha llevaba un silbato colgado del cuello. Y que empezaba a acariciarlo. A ver si nos metíamos en un lío. Tripas corazón, tuvimos que ceder y obedecer.

Una situación bochornosa. De trágame tierra.

Aguardamos a que la chica se fuera. Y en cuanto el uniforme granate desapareció pasillo abajo nos apresuramos a ir junto a los dos caballeros. Les suplicamos, casi de rodillas, que retomaran sus asientos de origen. Se negaron en redondo. Y quizá fuera una decisión sabia. De vez en cuando la señorita de los galones asomaba por el vagón con la obvia intención de comprobar que se mantenía el nuevo orden sin variaciones o motines imprevistos.

El resto del viaje fue una agonía sin paliativos. Nos corroía la culpa. Pasamos las cuatro horas de trayecto pendientes de los dos señores agraviados. Haciendo viajes constantes al bar para obsequiarlos con té, golosinas, y más té.

Éramos los únicos occidentales. Todo el vagón había sido testigo del oprobio a que se sometió a los viajeros chinos. Y del trato de favor que recibimos nosotros.

Por mucho menos se decapita a los extranjeros en cualquier otra parte del mundo.

Y con razón. Haber hecho una revolución para eso.

DE DIOSES Y TRANSACCIONES (1)

Para Gerta, que me puso en la pista

El papa Francisco se ha negado a recibir en audiencia al Dalai Lama.

Hace muy bien el Santo Pontífice. Siendo cabeza de estado de un país cuya principal misión es evangelizar ciudadanos de cualquier espectro, raza y color, no puede obviar que en China tiene un rebaño potencial de mil trescientos millones de corderos. Son muchos corderos.

Francisco nació en el Cono Sur y sabe de avatares políticos, de esperas y cálculos. Poco le habrá costado hacer cuatro cuentas elementales. Las desdichas y penurias del Dalai Lama son una bicoca si se comparan con la posibilidad de redimir algunos de esos mil trescientos millones de almas desorientadas que vagan, sin rumbo (espiritual), por los océanos amarillos. Aun cuando la Iglesia de Roma consiguiera salvar solo a un 1%, el saldo ya saldría positivo (13 millones). Incluso un 0'5% sería todo un éxito (6,5 millones). Y hasta un 0'25% resultaría más que aceptable (3,25 millones).

El Lama, además, tiene el apoyo incondicional de todo Hollywood. ¿Qué más quiere? Confórmese el bendito monje con el glamur de la alfombra roja, habrá pensado el Pontífice, y deje de incordiar en la cancillerías.

Tampoco hay que olvidar que Francisco es jesuita, y los jesuitas llevan la conversión de China en el ADN.

El romance de la Compañía de Jesús con el Imperio del Sol Naciente merecería divulgación masiva. Es un torbellino de encuentros y desencuentros. Una gesta épica con todos los ingredientes que configuran las grandes narraciones. Bien, no todos. Hay una salvedad. En esta historia no aparece una sola mujer. Nada. *Niente*. Ni una madre, esposa, hija. Cero féminas, ni tan siquiera en la sombra, o en un rincón del cuadro. Para compensar la carencia, lo que sobran son eunucos...

Érase una vez una *terra incognita* que albergaba el Jardín del Edén y las espantosas tribus de Gog y Magog. En ella crecían criaturas extraordinarias de tres cabezas y siete patas, o viceversa. También dragones con lenguas de fuego. Plantas monstruosas y carnívoras, y otras de belleza incomparable. La riqueza de aquella tierra en materia de frutas y vegetales era tal que a su lado el cuerno de la abundancia empalidecía. Los metales refulgían en la noche, los diamantes pendían de los árboles. El oro y la plata se hallaban por doquier, perlas y piedras preciosas pavimentaban los senderos.

Durante siglos, esta fue, con variaciones más o menos floridas, la idea que Europa tuvo de Asia (las Indias). Una fantasía cautivadora más allá de los confines del mundo conocido y cartografiado. Un ansia, el anhelo de cualquier explorador.

Colón buscaba una ruta nueva –más rápida y fácil– para alcanzar esta tierra paradisíaca. Cuando tropezó con las Bahamas creyó haber puesto pie en Asia. Tan así que de ahí partió en dirección a Japón, convencido de que lo tenía a la vuelta de la esquina. El malentendido dio pie a muchos debates, tensiones políticas y controversias. Un asunto que sigue turbio. No se sabe con exactitud quién tuvo la clarividencia de comprender que América era un nuevo continente y no las anheladas Indias. La medalla se la colgó Americo Vespucio pero la confusión permaneció. Durante largo tiempo se habló de las Indias Occidentales y de las Indias Orientales.

* * *

En el año del Señor 1513 los portugueses tocaron tierra en una zona imprecisa del sur de las Indias Orientales. Por su posición geográfica y algunas descripciones antiguas, la identificaron como el lugar, al final de la ruta de la seda, que Ptolomeo había llamado Sinae. El descubrimiento sirvió para la confección de nuevos mapas costeros. Pero de ahí no pasó. Cualquier intento de adentrarse en el interior del país fue repelido con firmeza.

Nadie había conseguido tampoco llegar a la legendaria Cathay de Marco Polo, que sus contemporáneos habían situado, tentativamente, en el noroeste de Sinae. Quizá, se decían algunos científicos, las historias de Marco Polo habían sido pura ficción, un espejismo.

Exploradores y comerciantes circunvalaban el globo. Descubrían tierras vírgenes, abrían nuevos caminos en pos de gloria y riqueza. Tras su estela viajaban los misioneros. Ellos perseguían una gloria aún más alta, la conversión de infieles, puede que el martirio. Maneras de asegurarse un asiento privilegiado a la vera del Creador.

En 1540, el jesuita Francisco Javier partió de Roma con la intención de evangelizar las Indias más Orientales. El sacerdote era un hiperactivo. En su frenesí predicador llevó la palabra de Dios a Malabar, Ceilán, Malaca, las islas Molucas. Luego desembarcó en Japón, y allí descubrió que la isla dependía culturalmente de China. Bajo una ligera capa de barniz japonés, todo era chino: el lenguaje, la literatura, las artes decorativas, el culto a los muertos...

El hallazgo le condujo a una firme convicción: la piedra angular sobre la que se levantaría la Iglesia Católica de las Indias Orientales era China. Había que convertir primero a China. Luego Japón caería rendido a los pies de Roma.

Cuando los japoneses tengan noticia de que China ha aceptado la ley de Dios, abandonarán sin reparos a todos sus ídolos, escribió de inmediato a su compinche Ignacio de Loyola. De haber podido barruntar la magra cosecha de almas chinas que sus hermanos conseguirían en los próximos años, Francisco Javier habría considerado su

83

evangelización de Japón como un triunfo total (llegó a bautizar más de doce mil almas). Pero no lo sabía, y China devino en su obsesión.

Trató en vano de alcanzar el país. Tan solo llegó hasta la isla de Shanchwan, a siete millas del continente. Durante cuatro meses esperó a que algún barco le llevara clandestinamente hasta allá. No alcanzó a cumplir su sueño. Murió el tres de Diciembre de 1552. Era un día claro, se dice que entregó el alma contemplando aquella tierra prohibida cuya silueta se perfilaba en el horizonte. *Si non e vero e ben trovato.*

Unos meses antes, jugarretas de la poesía y el azar, había nacido el hombre que haría realidad el proyecto del santo jesuita, si no en su totalidad, al menos en parte.

Su nombre era Mateo Ricci. Pero en China fue Li Ma Tao.

Li Ma Tao, quizá el más interesante de todos los expatriados que jamás vio el Imperio Celeste, resolvió el misterio de Cathay, exploró el país del derecho y del revés y consiguió llegar hasta la mismísima Ciudad Prohibida. No contento con eso, fue matemático y astrónomo de la Corte del Emperador. Se codeó con todos los doctores y científicos del Imperio. Colaboró con ellos. Escribió, publicó y tradujo, del chino y hacia el chino. Cartografió y describió. Y de todo ello mantuvo debidamente informados a sus superiores de Roma. La correspondencia —extraviada durante casi 300 años, recuperada en el siglo xx— narra con detalle, precisión y veracidad, sus experiencias. El inaudito país en el que vivía, sus ciudades, las costumbres, la religión, su gente.

Mateo Ricci fue el gran mediador entre China y Europa. Él reveló China a los Europeos. Les demostró, con hechos, que fuera de su mundo conocido existía una civilización ignorada, tan rica y sofisticada como la de ellos mismos.

Había nacido en Macerata, Italia. Ingresó en los jesuitas y estudió ciencias. El mundo intelectual europeo estaba enmarcado por Aristóteles y Euclides. La astronomía y el movimiento de las estrellas se regían por el sistema Ptolomeico. Galileo había rescatado a Copérnico y defendía la verdad de su teoría heliocéntrica (aún no había sido denunciado por herético). El joven Ricci era talentoso, diligente, y tuvo los mejores maestros de su época. Además de la teoría, aprendió a construir relojes, esferas y astrolabios. Siempre consideró su aprendizaje como un bagaje precioso, el que llevaría consigo cuando pudiera ejercer su auténtica vocación: las misiones.

El jesuita estaba determinado a seguir las huellas de Francisco Javier. Retomaría el camino donde este lo había dejado. China era su estrella polar.

Por decreto papal, las misiones de Asia estaban bajo jurisdicción de Portugal. Ricci embarcó en Lisboa junto con trece compañeros de la orden repartidos en tres barcos mercantiles bajo bandera lusa. El viaje a las Indias era largo, peligroso, insalubre. Pasajeros y tripulación vivían hacinados, el agua potable y la comida escaseaban. Acechaba la enfermedad, la muerte era un acontecimiento cotidiano. Después de nueve meses de navegación infernal, con parada técnica en Mozambique, tocaron tierra en Goa, la costa India.

La isla, conquistada y colonizada por los portugueses, era una suerte de campamento central, la base desde donde los misioneros de las diversas órdenes eran dirigidos hacia sus respectivas misiones asiáticas. Dominicos, franciscanos, agustinos y jesuitas estaban obligados a codearse. Todos aspiraban a lo mismo. La competencia era salvaje y muy poco cristiana. La zancadillas estaban a la orden del día.

La ciudad —*Goa dourada*— debió haber sido extraordinaria, un centro comercial atareado y bullicioso, con lujos y miserias inacabables. Mezcla abigarrada y colorida de monjes y putas, militares y mercaderes, esclavos, marineros.

Ricci pasó casi cuatro años en ella. Fueron cruciales para la formulación de un discurso que luego aplicaría en la práctica. La evangelización, concluyó, no debe conquistarse con la espada sino mediante la caridad. La caridad exige comprensión, y la comprensión requiere mimetizarse con los fieles. El misionero debe estar cerca de los nativos, vivir como ellos, aprender su lengua.

Ricci no era el único jesuita que sostenía este discurso, marcadamente moderno para una época en que aún campaba la Inquisición, y en la que los infieles eran pasados a cuchillo por un quítame allá cualquier disidencia. Las órdenes mendicantes, sin ir más lejos, opinaban exactamente lo contrario. Pero la Compañía de Jesús estaba dispuesta a ensayar su nueva manera de evangelizar. Y Mateo Ricci fue instrumental en el experimento[*].

La nueva técnica —artimaña— evangelizadora, consistiría en estudiar, no solo la lengua china, sino también los usos y costumbres, la religión y la cultura del país. Una «inculturación» total, que abarcaría también el aspecto exterior, vestuario, calzado, peinado. Semejante esfuerzo apuntaba a conquistar las clases altas y cultas. Si los jesuitas conseguían congraciarse con los académicos y los doctores, y, muy en especial, con los mandarines que gobernaban las distintas regiones de China, obtendrían licencia para fundar misiones permanentes y viajar por el país sin trabas. Sólo así sería factible la cristianización de China.

Aprender a hablar, a leer y a escribir en chino. Se dice pronto. La sinología no existía. No había diccionarios ni traductores, los intérpretes se podían contar con los dedos de la mano. El esfuerzo demandaba gran determinación y aún más paciencia. Mateo Ricci estaba por la labor. Antes, sin embargo, debía viajar hasta Macao.

---

* Siendo rigurosos, deberíamos haber empezado por hablar de Alessandro Valignano (Nápoles 1539-Macao 1606), superior de los jesuitas en Asia y artífice del «adaptacionismo». Y también de Michele Ruggieri (Bari 1543-Salerno 1607), compañero de cuitas de Mateo Ricci. Esta pequeña narración se centra en Mateo Ricci porque de los tres jesuitas es el más conocido en China, y también el que permaneció más tiempo en el país. Que ello no reste mérito ni crédito a sus colegas de andanzas, tan pioneros como él mismo.

* * *

Cuando los portugueses arribaron a Sinae, obtuvieron permiso para comerciar, al igual que ya hacían malayos y árabes. La concesión acabó como el rosario de la aurora, con los lusos dedicados a la piratería y el saqueo. Entonces se les expulsó del Imperio Celeste, con prohibición expresa de tocar cualquier punto de la costa. Pero el comercio era demasiado importante para las dos partes envueltas en el conflicto. Había que llegar a alguna clase de acuerdo. En 1557 China permitió a Portugal establecerse en Macao y usar el puerto como centro de operaciones comerciales. Sin embargo, las condiciones fueron estrictas. Los colonizadores no podían salir de la ciudad. Para asegurarse de ello, se les aisló tras unos muros defensivos cuya entrada estaba guardada por una fuerza militar permanente.

Esta es la ciudad a la que llegó Ricci. Tenía unos diez mil habitantes, la mayoría chinos, aunque también había malayos, indonesios, africanos e hindúes. Los portugueses, todos varones, no sumaban más de un millar. San Martín, la residencia de los jesuitas, acogía a cinco sacerdotes.

En China convivían tres religiones –confucianismo, budismo y taoísmo–, lo que implicaba un grado de tolerancia religiosa importante. Los jesuitas no lo ignoraban. También sabían que los chinos educados admiraban y tenían en gran estima el conocimiento. En base a estas premisas, esperaban encontrar unos fieles naturalmente bien dispuestos hacia los ideales cristianos. El problema era cómo llegar hasta ellos. Tras siglos de aislamiento, después de haber padecido las invasiones tártaras y la agresividad de los mercaderes, el Imperio veía a todos los extranjeros, bien como enemigos, bien como espíritus demoníacos. Los misioneros que habían tratado de adentrarse en el país habían sido considerados espías de Portugal y devueltos de inmediato a Macao. Entre otras cosas, porque ninguno de ellos había sido capaz de explicarse con propiedad.

La primera labor de los jesuitas sería convencer a los nativos de que ellos no eran piratas ni invasores. Cuando dominaran la lengua podrían comunicar su doctrina, dar fe de sus buenas intenciones.

Ricci hizo lo que ahora denominaríamos una inmersión total. Estudió la lengua del Imperio, también su historia, filosofía, cultura, poesía... Un par de veces consiguió traspasar las murallas, sobornando a algunos funcionarios. Pero lo hallaron enseguida —difícil encontrar camuflaje para un occidental—, y fue devuelto intramuros.

En 1583 sucedió, por fin, el milagro. Un soldado se presentó en la residencia de los jesuitas, traía una carta del gobernador de Shiuhing. El mandarín había oído hablar del talento del matemático, de sus relojes y esferas. Le invitaba a visitarlo, prometía darle un pedazo de tierra para que pudiera asentarse. La anunciación fue pan bendito, una señal divina. Todo iría bien.

Ricci, junto con el también jesuita Michele Ruggieri, se adentró en China embarcado en un junco de mercancías. Los dos sacerdotes se habían rapado el pelo y la barba, y habían reemplazado sus sotanas negras por la capas grises que llevaban los monjes budistas.

Aquel viaje fue el disparo de salida de una larguísima carrera de obstáculos. Una aventura llena de altibajos, ilusiones y frustraciones. De astucias y argucias. De esperanzas y desesperaciones. Pero, por encima de todo, de perseverancia y voluntarismo. No hay que hacer un gran esfuerzo mental para imaginar la precariedad y las enormes dificultades de semejante expedición. Más los desencuentros personales, la infinita soledad, las enfermedades. O la muerte de los compañeros que Roma enviaba en cuentagotas y que antes debían pasar por un largo proceso de aprendizaje —la «inculturación»— en la residencia de Macao. A todo eso había que añadir la permanente falta de fondos, los líos diplomáticos entre Portugal, el Vaticano, España y las naciones que pugnaban por el dominio del comercio y las colonias.

Mateo Ricci tardó 18 años en llegar a la capital imperial. Pekín fue su meta y destino desde el mismo inicio de la aventura. No se puede decir que el jesuita astrónomo careciera de ambiciones.

Pretendía llevar la «buena nueva», nada menos que al mismísimo Hijo del Cielo.

Las casi dos décadas de viajes, de idas y venidas, asentamientos y expulsiones, le sirvieron para perfilar con más precisión su técnica evangelizadora. Visto desde un prisma laico, se podría decir que Ricci fue un exponente máximo de la reputada astucia jesuítica. Primó la eficacia sobre el purismo, pero revistiendo el todo con un discurso lo suficientemente flexible para no caer en la heterodoxia y la herejía. No solo era inteligente, también era sagaz.

Descartó violentar las creencias de los nativos, si lo hacía no pescaría una sola alma. Optó por el encaje de bolillos, se las amañó para hacer cuadrar el cristianismo con el enredo religioso del país.

Poco podía extraer del budismo y el taoísmo. Las sutilezas y meandros de las dos religiones habían derivado en tal madeja de creencias que ni los propios chinos acertaban a desentrañarlas. De hecho, la mayoría de ellos ignoraba a qué religión pertenecía, y cumplía rindiendo culto a un surtido variado de simples ídolos de arcilla. Entre las clases altas y cultas predominaba el ateísmo.

Confucio, en cambio, era harina de otro costal. Él sí podía resultarle de utilidad. Sus enseñanzas consistían en un batiburrillo de máximas y discursos basados en la razón, y susceptibles de varias interpretaciones. El jesuita no tuvo mayores reparos en hacerle encajar en su caleidoscopio particular. Después de estudiar a fondo los *Analectos* llegó a la muy práctica conclusión de que el sabio chino no era idólatra, porque entre sus enseñanzas incluía la reverencia y el culto al cielo. También había otros aspectos de los que podía sacar jugo. Por ejemplo, Confucio mostraba un notable desinterés por la Cosmogonía. De dónde veníamos, cómo se había creado el mundo, o si había vida más allá, eran cuestiones que —aparentemente— le traían al fresco. No las había formulado, una omisión que favorecía a Ricci. Donde no hay afirmaciones no puede haber herejía. En resumen, frente a su potencial rebaño nativo, el sacerdote podía apelar a Confucio sin caer en excesivas contradicciones, problemas canónicos, o incluso angustias derivadas de su conciencia personal. De alguna manera, Ricci se anticipó en siglos al diálogo interreligioso y a los métodos pastorales de la iglesia moderna.

—1 cuadro pequeño moderno representando a Cristo

—1 cuadro de tamaño grande, antiguo, con la Virgen

—1 cuadro moderno de la Virgen con el Cristo niño y Juan Bautista

—1 breviario religado en oro

—1 cruz con incrustaciones de piedras preciosas y piezas de cristal policromado, y con reliquias de santos en su interior

—1 atlas. El *Teatrum Orbis Terrarum* de Ortelius

—1 gran reloj con pesas, y 1 reloj pequeño —de resorte—, construido en metal dorado

—2 prismas

—1 clavicordio

—8 espejos y botellas de varios tamaños

—1 cuerno de rinoceronte

—2 relojes de arena

—Los 4 evangelios

—4 cinturones faja europeos de diferentes colores

—5 piezas de tejido europeo

—4 cruzados

Se mire por donde se mire, la lista de regalos que Ricci hizo llegar a Wan Li, el emperador chino es francamente variada. El jesuita debió pensar que poniendo un poco de todo en algo acertaría. Al llegar a Pekín había tratado de indagar cuáles eran los gustos y aficiones de su eminencia pero no sacó nada en limpio. El Hijo del Cielo era materia divina. Apenas si se le podía nombrar, chismorrear sobre él estaba fuera de cuestión.

Ricci acompañó los presentes con una carta memorando que es un prodigio de diplomacia y buen hacer. En ella se presenta como astrónomo, matemático, geómetra y científico. Y, lo más importante, se pone enteramente al servicio del emperador. Él sería el último y más humilde de sus súbditos. Ah, y el más leal.

Entregada la ofrenda en las puertas de la Ciudad Prohibida, a Ricci y a sus compañeros no les quedaba más que esperar. En la gigantesca ciudad, un recinto recluido y secreto, vivían e intrigaban no menos de diez mil eunucos con diversos cargos y funciones de estado. Imposible predecir qué sucedería con los regalos y el memorándum.

Pasaron los días, por fin les llegó un rumor. El retrato del Hijo de Dios había impresionado sobremanera al Hijo del Cielo. Lo tenía en sus aposentos, lo contemplaba a menudo. Tres días más tarde, sin embargo, las tornas habían cambiado. El retrato del Hijo de Dios atemorizaba al Hijo del Cielo, que lo había desterrado de su divina presencia. Los relojes, en cambio, habían ganado posiciones y cotizaban alto. El emperador Wan Li los conservaba a su lado día y noche.

Se siguieron más días de espera y rumores. El destino fue propicio a los jesuitas. Uno de los relojes se estropeó y el fallo sumió a Wan Li en la angustia. Se había habituado al constante sonido de su tic tac. Los sacerdotes fueron convocados de inmediato a Palacio.

Mateo Ricci y el jesuita español Ojeda llegaron a la Ciudad Prohibida conducidos en palanquín y escoltados por los eunucos del emperador. Nunca, jamás, un europeo había puesto los pies en el lugar (ni una abrumadora mayoría de chinos, en honor a la verdad). Los dos jesuitas no solo entraron sino que permanecieron allí unos días. Wan Li exigía que sus matemáticos aprendieran el funcionamiento de los relojes, esa iba a ser la tarea de los occidentales.

El emperador era invisible, tan solo sus esposas, concubinas y eunucos tenían acceso a él. Vivía recluido en la Ciudad Prohibida, de la que tan sólo salía un par de veces al año, cuando se dirigía al Templo del Cielo donde se suponía que iba a hablar con su parentela, sin duda celestial (por algo era Hijo del Cielo). En aquellas ocasiones las calles de la ciudad se vaciaban. Y los súbditos debían esconderse y cerrar todas las aperturas de sus casas para no verle pasar.

En definitiva, los jesuitas no tuvieron el gusto de conocerle en persona. Pero sí recibieron sus muchas preguntas a través de los eunucos. «¿Cómo vestían los reyes en su país?» «¿Cómo se celebraban los funerales?». Wan Li también quería saber qué aspecto físico tenían ellos, e hizo pintar sus retratos. Los sacerdotes quedaron eternizados de modo bastante absurdo. Unas figuras unidimensionales, dibujadas a imagen y semejanza de los retratos de los doctores chinos, solo que con los ojos almendrados en vez de rasgados.

Tras esta primera visita al palacio, se sucedieron otras. Había que aleccionar a los eunucos sobre el clavicordio y la escala musical europea. También había más relojes que reparar, eclipses que predecir, calendarios que confeccionar, cálculos matemáticos que enseñar. Los tratos con palacio dieron su fruto. Las grandes familias aristocráticas chinas —los mandarines— abrieron sus puertas a los jesuitas. Exactamente lo que Ricci había buscado. A partir de entonces trató con académicos y doctores, y llegó a entablar amistad sólida con algunos de ellos. Hubo debates científicos e intelectuales de altura, colaboraciones y publicaciones. Y resultados muy concretos. Mateo Ricci tradujo al chino los seis primeros tomos de los elementos de Euclides, introdujo la trigonometría en China, confeccionó los primeros mapas de China para Occidente. Identificó la Cathay de Marco Polo con el Norte de China...

Si se comparan los logros intelectuales de Li Ma Tao con sus resultados concretos en términos de evangelización cristiana, uno no puede dejar de pensar que los primeros fueron muchísimo más sustanciosos que los segundos. Y probablemente más útiles a la causa, si no de la religión, al menos del saber humano.

Mal que les pesara a los jesuitas, las conversiones de aquellos años fueron muy escasas. Ni siquiera la tenacidad y testarudez de Ricci consiguieron superar impedimentos insalvables. Los mandarines escuchaban las prédicas de los jesuitas con tolerancia, incluso con cierto interés intelectual y especulativo, pero llegada la hora de la verdad no estaban dispuestos a renunciar a sus concubinas. Y ni siquiera la Compañía de Jesús, con toda su habilidad sofística, poseía el desparpajo suficiente como para conciliar poligamia con cristianismo. Por otra parte, la idea de un Dios omnipotente e infinito no cabía en la cabeza de quienes estaban habituados a una religión más centrada en las relaciones humanas y el pensamiento ético que en lo sobrenatural. Es posible, también, que los mandarines fueran, sencillamente, ateos convencidos. En cualquier caso, la mayoría de conversiones se dieron entre las clases bajas. Con la gente humilde no había problemas de poligamia, carecía de medios económicos para mantener a más de una esposa.

El primer cristiano de China fue un moribundo que duró apenas unos días. Ricci y sus compañeros lo habían hallado abandonado a su suerte. Tras acogerle y atender sus necesidades básicas le sometieron a una intensa evangelización. Por desgracia, la doctrina era en exceso compleja y abstracta para un campesino (y en las últimas, añadiría yo). Optaron entonces por la vía directa y rápida, no disponían de mucho tiempo. Le contaron lo del cielo y la salvación a todo correr. El pobre hombre, quizá creyendo que la aludida salvación significaba su curación, aceptó ser bautizado. Luego le dieron la extremaunción. Y a continuación murió. Visto y no visto. Fin de la historia (narrada, con desarmante sinceridad, por el mismo Ricci).

Para 1605, según datos de los propios jesuitas, tan solo había un millar de bautizados en China. Una cifra muy baja si se compara con los centenares de miles —muchos de clase alta— que ya habían sido convertidos en Japón. Pero Ricci era cabezón y jamás se dio por vencido.

La dedicación del jesuita a la causa era tal que incluso le sacó partido a su propia muerte. A diferencia de Ruggieri —este se retiró y murió en Italia—, Ricci permaneció en China hasta el fin de sus días. Y además tuvo el descaro de solicitar al emperador un entierro en Pekín, algo inaudito. Pero él estaba convencido de que una tumba en tierra imperial sería de utilidad, pues oficializaría la presencia jesuita en China. El emperador accedió y a Li Ma Tao le cupo el alto honor de ser el primer occidental que descansó en la capital del Imperio Celeste.

La desaparición física de Mateo Ricci / Li Ma Tao no significó el fin de los jesuitas en la corte. Su relevo estaba previsto, bien planificado. Llegaron otros sacerdotes, científicos que ostentaron el título oficial de matemáticos y astrónomos del emperador. La Compañía de Jesús se asentó en China. Sus misioneros abrieron residencias, predicaron sin trabas. Pasaron las décadas y la comunidad no se libró de los usuales sobresaltos de la Historia. Conspiraciones de eunucos y cortesanos, envidias palaciegas. Favores y caídas en desgracia. Cambios dinásticos. Todo esto, y mucho más, sortearon los jesuitas a lo largo de un siglo entero. Quizá su poder e influencia se hubieran mantenido mucho tiempo más de no ser por sus propios compañeros de fe.

Los éxitos y logros de la Compañía de Jesús en China habían enfurecido a sus competidores directos. Decir que las órdenes mendicantes estaban verdes de envidia sería poco. Años antes, el propio prior de los jesuitas en Asia —Valignano— había hecho lo imposible para impedirles el desembarco en China. Ahora, con o sin conversiones, los jesuitas les habían ganado por la mano.

En 1638 dominicos y franciscanos denunciaron la «inculturación» de los misioneros de la Compañía de Jesús ante la Santa Sede. La aceptación de Confucio, la evangelización en chino, la tolerancia hacia la costumbre china del culto de los antepasados, todo ello era herético, inadmisible. No pertenecía a la liturgia de la Iglesia de Roma.

El conflicto, llamado, con mucha propiedad, «La polémica de los ritos», se prolongó durante un siglo. La Santa Sede es eterna, se tomó su tiempo para estudiar con parsimonia los argumentos de una y otra parte. Por otra parte, la correspondencia entre China y Roma demoraba una media de cinco años. Un *décalage* que tenía sus ventajas y sus desventajas. Las buenas noticias y el dinero tardaban en llegar, pero lo mismo sucedía con las malas noticias. Y con los mandatos, instrucciones, dogmas y órdenes, que entre tanto se podían ir obviando (e ignorando). Sin ir más lejos, en el momento en que los jesuitas explicaban a los astrónomos de la Corte Imperial que la tierra es redonda y gira alrededor del sol, a Galileo le ponían los grilletes por haber asegurado lo mismo en Italia. El resto es Historia.

Volviendo a «La polémica de los ritos». Tras casi una centuria de tiras y aflojas, a principios del siglo XVIII el papa Clemente XI dictaminó que la liturgia practicada por los misioneros jesuitas en China era «pagana» y por lo tanto incompatible con la Iglesia católica. La noticia cayó como una bomba, en la Ciudad Prohibida y entre los jesuitas. Desde luego, indignó al emperador. A partir de entonces prohibió toda evangelización y práctica del culto religioso católico. Fue el principio del fin.

Los misioneros jesuitas de China habían sobrevivido a un siglo y medio de contratiempos, penurias, enfermedades y desapariciones. Habían conseguido navegar por entre las turbulentas aguas de la Ciudad Prohibida, administrando con habilidad el resentimiento y los celos de los eunucos, y los caprichos despóticos de dos dinastías imperiales. Pero sucumbieron frente a los suyos. Derrotados por sus propios colegas. Y por su santa madre, la Iglesia de Roma.

En Beijing se puede visitar el antiguo Observatorio Real de Astronomía. Es un reducto apacible, de dimensiones humanas, comprimido entre ásperos edificios de hormigón. Tiene un bonito jardín y una terraza en la que se exhiben instrumentos extraordinarios. Son piezas grandes, metálicas, muy elaboradas. Bellísimas en tanto objetos, pero incomprensibles para el común de los mortales. De hecho, salvo el globo celeste y los feroces dragones que las adornan, lo demás resulta un perfecto enigma. Poco importa, al lado de cada instrumento hay una placa con su nombre. Y cada nombre invita a soñar, a viajar por galaxias y universos misteriosos perdidos en el tiempo. Esfera armilar eclíptica, cuadrante altazimuntal, reloj de sol analemático, gnomon...

Por lo demás, es dudoso que el paso de los jesuitas por Pekín tenga algún valor, al menos para las jóvenes generaciones chinas. Excepto, quizá, como anécdota susceptible de interesar a guionistas poco imaginativos. Los astrónomos occidentales de la corte aparecen algunas veces en las telenovelas históricas. Están representados como personajes planos y estereotipados. No hay intención malévola en ello, lo mismo les sucede a sus compañeros de reparto, ya sean concubinas, guerreros, campesinas, eunucos o monarcas celestiales (las telenovelas chinas son un bodrio sin paliativos). En cualquier caso, los jesuitas aparecen como científicos muy *sui generis* a los que el emperador —o la concubina, o el eunuco— de turno pide leer su fortuna en las estrellas. Tantos empeños, estudios y viajes para llegar a esto. Si Ricci y los suyos levantaran la cabeza...

Pero la historia da muchas vueltas. Y nunca se sabe lo que puede traer el futuro. El papa jesuita actúa con prudencia de estadista al no recibir en audiencia al Dalai Lama.

Ítem más. Visto lo visto. ¿Por qué demonios iba a dar oxígeno a la competencia?

LA MONTAÑA ESQUIVA

Para Maita, esperando la carcajada

El rostro de Mao Zedong se bamboleaba alegremente de un lado para otro. La fotografía del *chairman* colgaba del espejo retrovisor. Estaba dentro de un marco en forma de corazón. De plástico. Y en color rojo revolución.

Aquel era nuestro segundo vehículo de la mañana. El primero había quedado varios kilómetros atrás, reposando en una cuneta.

Un día poco auspicioso para la excursión. Al coche le costó un rato arrancar. Llovía sin parar, luego lloviznó con la misma insistencia. El trayecto, extenso, nos obsequió con una ristra de pequeños contratiempos. Baches y desvíos. Charcos, pedruscos. Mucho fango.

De súbito quedamos detenidos tras una caravana. Esperamos. Aguardamos. Salimos del coche, la cola que teníamos delante era larga. Se ignoraba la naturaleza del percance que nos tenía bloqueados. Pero los conductores permanecían impertérritos. Y nosotros también. Esto es China. Aquí no hay psicólogos ni brigadas sensibles que le atiendan y compadezcan a uno. Toda neurosis individual se desvanece frente a las desdichas colectivas. Muere de muerte natural, digamos. Por falta de pertinencia.

Tras una hora de espera decidimos ir a ver qué sucedía. Anduvimos trescientos metros. La carretera finalizaba de modo repentino. A partir de ahí daba comienzo un caos de camiones, obreros y excavadoras.

No había una sola señal informativa ¿Qué demonios pasaba? Lo supimos cuando los zapatos de Qing, nuestro conductor, se quedaron pegados al suelo. Estaban asfaltando. Y a nadie se le había ocurrido dejar un carril libre. No era cosa de facilitar la vida a la ciudadanía.

A saber cuántos kilómetros pensaban hacer ese día. En cualquier caso, imposible transitar por allí en muchas horas.

Ninguna ruta alternativa. Adiós excursión. Nos resignamos a dar la media vuelta.

Ah, no. Ni hablar. Qing es un tipo listísimo y lleno de recursos. Agarró el teléfono. En cinco minutos había reorganizado la logística de manera altamente creativa.

Caminaríamos el tramo en obras. Un amigo suyo, taxista que vivía en el siguiente pueblo, nos recogería del otro lado. Nos conduciría a nuestro destino. Finalizado el paseo nos traería de vuelta hasta toparse de nuevo con las obras y la carretera cortada. Repetiríamos la jugada a la inversa. Fin del problema.

Anduvimos de puntillas por los bordes de un kilómetro fresco de asfalto. Dejamos atrás pilas de guijarros y cubas de alquitrán hasta reencontrar de nuevo calzada firme. Allí fuimos entregados, con profusión de recomendaciones, a nuestro segundo chófer, el amigo de Qing.

Era un hombre de mediana edad, vivaracho y de inalterable buen humor. Tenía una emisora de radio pop puesta a todo trapo y acompañaba las canciones con canturreos desacomplejados. De vez en cuando nos señalaba a su amado *chairman*, el que se bamboleaba bajo el espejo, y sonreía de oreja a oreja. Era su ídolo. Su Cupido, vaya.

Y así, guiados por el padre de la patria y los últimos *hits* del momento, seguimos viajando un par de horas más. Sin variaciones sustanciales en el panorama. Más desvíos, más baches, bamboleos y bruscos desniveles. Era un milagro que coches y ciudadanos sobrevivieran a tanto traqueteo.

* * *

Nuestro risueño chófer pop apuntó al cielo con expresión triunfante. Allí estaba la meta final de nuestra expedición. Levantamos los ojos. No se veía nada. Nada es nada, en este caso. Por no verse, ni siquiera el teleférico que debería auparnos hasta las montañas se veía. El paisaje de las alturas era un techo blanco. Pura niebla.

No importaba, dijo G con optimismo. Pasadas las nubes bajas, seguro que arriba estaría despejado.

En las últimas semanas Beijing se había puesto imposible por la polución. G tenía una tos irritativa y persistente. Yo, una conjuntivitis tozuda, esa sensación molesta de arenilla constante en los ojos. Habíamos viajado para oxigenarnos, para que nos diera el aire.

Íbamos a visitar las famosas Montañas Amarillas.

Ustedes las conocen, nosotros también. Todo el mundo mundial las conoce. Junto con la Gran Muralla, son el icono absoluto del Imperio Celeste. Y dentro de la misma China tienen aún más relevancia que fuera de ella. Su imagen se ha repetido, obsesivamente, durante siglos. Una y otra vez, con incesante machaconería. En caligrafías, pinturas, acuarelas, mosaicos, porcelana.

Son esas montañas cónicas y rocosas con pinos retorcidos diseminados aquí y allí. Dibujadas siempre sobre un fondo de cielos con jirones sueltos de bruma, nunca nubes curvilíneas tipo borreguito.

El teleférico estaba a rebosar de autóctonos eufóricos. Subimos a toda pastilla, apretujados como sardinas en lata. La niebla era espesa como un helado de coco, pero de vez en cuando se abría. Lo suficiente para permitirnos divisar unos abismos de vértigo.

Fue un viaje gloriosamente bullicioso. Cada vez que la cabina bailaba, o se agitaba con brusquedad al iniciar un tramo más empinado que el anterior, la concurrencia al completo chillaba y reía y saltaba de contento. Resultaba un tanto desasosegante. Pero echamos mano de estoicismo. Tampoco había escapatoria. Y si nos estrellábamos, al menos nos cabría el consuelo de haber fenecido en olor de multitud (y junto con el pueblo, añadió G, siempre atento a los matices ideológicos). Disminuyó la velocidad de la cesta y se abrió un nuevo hueco en la niebla. Durante unos segundos adivinamos una ladera llena de coníferas artríticas y asombrosas formaciones rocosas. Bastó que se levantaran las cámaras y teléfonos, y brotara un *ohhh* general de admiración, para que la niebla volviera a cerrarse *ipso facto*, dejándonos a todos con un palmo de narices más la boca abierta. Por fin la cabina llegó a su destino y amarró a tientas. Descendimos en tropel, salimos al exterior. Fue igual que introducirse dentro de un copo de algodón.

Teníamos un plano de la zona. Marcaba, con precisión, las decenas de miradores y balcones con vistas al infinito. Y señalizaba los lugares de las rocas esotéricas. La roca dragón, la de la rata, la del sabio y la del discípulo del sabio. Había itinerarios de toda clase. Kilómetros de montañas, depresiones y bosques.

Subimos y bajamos por senderos casi en vertical. Hicimos lo mismo por decenas de escaleras diseñadas para pies de talla china (treinta y nueve de máxima). Casi nos rompimos la crisma resbalando y tropezando por los pedruscos reglamentarios. Trepamos y escalamos, y descendimos para volver a ascender.

De vez en cuando, surgían porteadores por entre las neblinas. Llevaban la carga colgada en los dos extremos de una pértiga atravesada en los hombros. Piedras, materiales para la construcción. Comestibles, botellas. O grandes fardos de ropa, presumiblemente para la lavandería. En las montañas hay un par o tres de hoteles y varios restaurantes.

Este abastecimiento se cumple sin maquinaria ni sofisticaciones. Mediante un ejército de hombres y mujeres que se mueven a toda velocidad por los caminos estrechos y pedregosos. La mayoría de veces abrumados por cargas que les doblan o triplican en peso.

Pasamos tres horas subiendo, bajando, y vuelta a empezar. Llegamos a los miradores previstos y en cada uno de ellos contemplamos lo mismo. Nada. Nada, excepto rebaños de turistas chinos y cámaras carísimas tratando —en vano— de penetrar la espesa bruma con lentes de tecnología rabiosamente a la última.

A menudo nos habíamos preguntado la razón de aquella mo-nomanía china por la Montañas Amarillas y sus repetitivos paisa-jes. Durante aquella excursión dimos con ella.

La amante esquiva genera obsesiones enfermizas. Y las Monta-ñas Amarillas, con sus perpetuas brumas y camuflajes, eran tan es-quivas como hurañas y resbaladizas. Toda aquella cohorte de ena-morados –artistas y pintores, y ahora fotógrafos– había tratado de aprehenderlas sin éxito. Su fijación tenía que ver con ese rasgo tan humano que consiste en la persecución de lo imposible, el anhelo de poseer lo inasible.

Tal como estaban las cosas, y visto lo visto, los galanes y corte-jadores de la montaña podían seguir buscándola. Por los siglos de los siglos y hasta el día del Juicio Final. Amén

Decidimos ir a comer.

El restaurante estaba en un hotel. Tremendo edificio. Un rec-tángulo de grandes dimensiones emboscado en una quebrada entre dos de los conos rocosos (no es que los «viéramos», pero nos consta que estaban allí). Parecía un sanatorio centroeuropeo para enfer-mos terminales, el que uno esperaría encontrar en la montaña má-gica, por ejemplo. El interior, sin embargo, era mucho más di-vertido que cualquier texto de Herr Mann. Salvando los usuales atentados perpetrados con el mármol pulido, inevitables en cual-quier lugar chino que se precie de tener un mínimo de categoría, lo demás resultaba hilarante. El bar, en especial, era un perfecto des-propósito. Enorme, reluciente de maderas nobles. Y con las pare-des forradas de vitrinas llenas de botellas de burdeos. Nada menos que de Bordeaux. Noble denominación de origen perfectamente garantizada por pulcras etiquetas avisando que una botella conte-nía un margaux, la otra un haut-médoc y la de más allá un saint emilion. Gama media y gama alta. No habíamos encontrado una exposición de *copycats* vitícolas tan fascinante en ninguna otra par-te. De antología.

Nos quedamos atascados entre la botellería. No recuerdo qué Château preciso nos liquidamos pero sé que no dejamos ni los posos. ¿Qué otra cosa podíamos hacer? Nos sentamos frente a unas grandes cristaleras que daban sobre el mar de niebla y allí comimos y bebimos hasta la saciedad.

Sobre la mesa teníamos unos folletos estupendos de las Montañas Amarillas. Allí estaba todo lo que no habíamos visto. Ni veríamos. Las cumbres majestuosas, los amaneceres coloreados y las puestas de sol encendidas. La vegetación torturada, las aves rapaces sobrevolando la belleza salvaje del lugar. Las imágenes de los folletos eran fabulosas, de una calidad notable. Y G pudo hacer un reportaje estupendo con ellas. Las fotografió todas. Una a una y de modo sistemático. Como muy bien dijo, no estaba dispuesto a hacer el ridículo en la oficina.

El vino era sabroso y fuerte en graduación. Salimos alegres como cascabeles, pero no con más clarividencia. Afuera hacia un frío que pelaba, apenas si nos veíamos los pies. Regresamos al teleférico entre risas y topetazos con otros excursionistas. Bajamos de las montañas sagradas. De nuevo a toda pastilla, y otra vez en compañía de una multitud eufórica, enfebrecida ahora por la experiencia.

Encontramos a nuestro chófer tomando tés y cotorreando con los de la taquilla.

Durante el rato que estuvimos en las cumbres habían asfaltado un par de kilómetros más de carretera. Junto con el de la mañana ya eran tres. Más los kilómetros de correrías por las montañas. Estábamos rendidos. Caminamos el obligado tramo final de la calzada en obras casi a rastras. La cola del otro lado era kilométrica, pero el coche de Qing aguardaba en la cuneta. Nos dejamos caer en el asiento trasero y quedamos fritos. Menuda excursión.

Conservo un puñado de imágenes de aquel día. Salvo la del *chairman* enmarcado por el corazón rojo, las demás resultan algo repetitivas. G haciendo el signo de la victoria, emergiendo de la bruma sobre un fondo de bruma. Con G, los dos haciendo el signo de la victoria, y los dos emergiendo de la bruma sobre un fondo de bruma (gentileza de un excursionista nativo).

Se las mandé por *mail* a mi madre. Contestó al instante.

—Esto de Beijing se está poniendo grave. Qué espantosa polución. Tendríais que salir al campo de vez en cuando.

DE DIOSES Y TRANSACCIONES (2)

Para Joan, devociones y oraciones

La religión repunta en China. Los templos se llenan de visitantes, los jóvenes novios se fotografían frente a las escasas iglesias existentes. Los ricos encargan otras...

Sé de un arquitecto que se dedica precisamente a eso, a construir iglesias católicas por encargo. También es evangelizador, e incluso practica la «inculturación», al viejo estilo de los jesuitas (ver capítulo ocho). Habla y escribe chino, vive como un nativo. Es más, yo juraría que se tiñe el pelo exactamente del mismo color, negro ala de cuervo, que llevan todos los dirigentes del Partido. Y estos vendrían a ser los mandarines – aquellos a quienes cortejaron los jesuitas– de nuestra época.

Entiendo que lo del tinte del pelo no es un imperativo impuesto por la jerarquía, pero me apuesto el cuello a que sí es una recomendación oficiosa. ¿Cómo, si no, sería posible semejante homologación en materia de peluquería? Cuando en la tele aparecen las imágenes del Congreso Anual del Partido, casi siempre tomadas desde una cámara que sobrevuela la gran sala, el espectador ve una aglomeración de cabecitas, todas felizmente boscosas –apenas hay calvos en China, y si los hay no son los que cortan el bacalao–, y todas del mismo color negro ala de cuervo. O azabache, como se prefiera.

El porqué de este teñido universal entre los dirigentes chinos es solo uno más de entre los muchos enigmas del Oriente misterioso.

Quizá el *partido* crea necesario que sus líderes estén, o parezcan estar, siempre en la primavera de sus vidas. Posiblemente considere el pelo blanco y las canas como otros tantos signos de decrepitud que podrían socavar su autoridad (la necesitan, y en grandes cantidades). Sorprende un poco la ocultación de la edad en un país que culturalmente venera a los ancianos. Aunque también pudiera ser que el pelo negro esté ligado a la virilidad y su asociación con el poder. No hay que subestimar el machismo de los varones chinos, son gallitos de combate.

Regreso a los dioses. Hay sustancia de la que hablar.

En 1957 la Oficina de Asuntos Religiosos de la República Popular China se sacó de la manga un invento estrafalario titulado Chinese Patriotic Catholic Association (CPCA). La «Asociación de Católicos Patriotas Chinos» (*Zhōngguó Tiānzhǔjiào Àiguó Huì*) tiene por misión guiar al remanente de católicos chinos que quedó tras las sucesivas expulsiones de misioneros y curas, y luego la Revolución, punto final de la permisividad religiosa. Guiar es puro eufemismo. La CPCA controla y dirige con mano férrea a su rebaño para que no se aparte un milímetro de la ortodoxia, en este caso marcada, no por los descendientes de Pedro, sino por los de Mao Zedong.

La CPCA es estatal y en la práctica tiene atributos de Iglesia. El *partido* consagra sacerdotes, elige obispos y supervisa la liturgia —idéntica a la romana—, las reglas y todo lo que haya que supervisar. Uno piensa de inmediato en Inglaterra, en Enrique VIII, o en la reina Isabel, cabezas de la Iglesia anglicana. Sin embargo, es difícil visualizar a Xi Jinping como cabeza de ninguna Iglesia. Quizá porque no lleva corona, aunque tenga la testuz coronada por una abundante pelambrera que despide brillos de color... Adivinen, adivinen. Sí, de color azabache.

En cualquiera de los supuestos, la realidad contractual no deja de tener su intríngulis pues implica la coexistencia de dos iglesias católicas en China. Una de ellas está a la vista y discurre por la superficie del tejido social. La otra es invisible y subterránea, y se las apaña como Dios le da a entender, nunca mejor dicho.

Los sacerdotes y fieles de la Iglesia católica oficial son «apócrifos» y obedecen al *partido*. Los otros, los «de verdad», siguen los mandatos del Pontífice y de Roma. Estos últimos no agradan demasiado a las autoridades chinas, así que funcionan en las catacumbas. Se reúnen en casas particulares, y allí ofician, de modo discreto y doméstico, misas, confesiones y los ritos usuales del calendario católico. Roma les provee de clero, más o menos camuflado. Son caballeros que no llevan alzacuello, y que deambulan por el país bajo el disfraz de profesionales de otras disciplinas. Oficialmente no existen —tampoco los fieles, claro—, pero es absolutamente seguro que el estado los conoce y tiene a todos fichados. Y si siguen oficiando en vez de dar con sus huesos en la cárcel, es porque el *partido* así lo ha decidido. Los tolera, sus razones tendrá.

Y en cuanto a la posición del Vaticano, invita bastante a la perplejidad. Y a la carcajada. El asunto tiene una vis cómica apreciable para cualquiera que posea un saludable sentido del humor o, al menos, una pizca de malicia.

Como es natural, Roma no puede legitimar esta excrecencia eclesiástica surgida del maoísmo. En principio, los obispos y sacerdotes consagrados por la CPCA pasan a ser excomulgados de modo automático. La «originalidad» fundacional y jerárquica del chiringuito creado por la República Popular China ya es herética en sí misma, pero es que además existen divergencias fundamentales de contenido. Sin ir más lejos, la Iglesia católica del *partido* admite el aborto y la contracepción, cosa que para la Iglesia romana es anatema. Otra discrepancia, aunque de esta se me escape el significado, es que la CPCA no reconoce la Asunción de la Virgen, *Assumptio Beatæ Mariæ Virginis*. Ustedes recordarán que la Asunción es ese insólito traslado, cuando a la criatura se la llevan directamente al cielo sin pasar por el trámite usual de los mortales. O sea, palmarla antes de la mudanza. El porqué la Iglesia estatal no reconoce esta fantasía y sí otras, verbigracia la virginidad de la virgen —valgan redundancias y retruécanos—, suena, cuando menos, arbitrario. Pero me supongo que si el Partido se pusiera puntilloso y empezara a tachar credos improbables o irracionales, se quedaría con aire en las manos.

Las autoridades quieren contar en su haber con una iglesia católica. Así sea. Mas entonces deben permitir que sus feligreses depositen su fe en «algo», además de en el *chairman* Mao. En caso contrario, el invento no tendría ninguna razón de ser. Es un argumento retorcido, me consta, pero no veo otra manera de hilvanarlo. Además, la idea de una iglesia católica dirigida por el *partido* también es retorcida. Y me supongo que, en esta tesitura, a las autoridades conviene decidir qué límites debe tener la credulidad de los fieles. Cuáles son los dogmas de fe aceptados, y los inaceptables. Las líneas rojas, vaya. Sería interesante conocer el criterio que siguen al respecto.

Pero retornemos a los pasillos vaticanos, no son menos laberínticos. Que Roma no haya aún tomado cartas en el asunto descoloca, la verdad. En caso de aplicar las leyes canónicas de modo estricto, la iglesia católica china debería ser tratada como cismática y condenada *urbi et orbe* a bombo y platillo. Y mediante bula papal, dada la trascendencia del patinazo. Pese a que muchos católicos —los del redil— lo han solicitado, la autoridad papal se resiste. En lo que respecta a China, el pontificado mantiene un perfil bajo, evita hasta donde le es posible los choques diplomáticos. Y además prefiere ser discreto y no hablar mucho del tema. Está claro que no quiere publicidad sobre tan espinosa materia.

Admitamos que la situación es, por decirlo de modo suave, enredada. Dos iglesias católicas paralelas, una oficial, otra clandestina. Teóricamente competidoras, casi antagónicas. Pero que se toleran sin tirarse los platos por la cabeza.

No solo eso, sino que a veces se dan casos de confluencia muy sorprendentes. Y de solapamiento. Por ejemplo, puede suceder que un sacerdote consagrado por el *partido* sea luego ratificado por Roma. Y al estar consagrado por las dos jerarquías, se convierte en honorable pastor de la Iglesia Católica de la República Popular pero en simultáneo puede cantar misa y administrar los sacramentos en la Iglesia Católica Apostólica de las catacumbas. Un pluriempleado, vaya. A sueldo del Partido y del Vaticano, no está mal. Otras veces no hace falta ni la doble consagración. Basta con que el obispo de turno −nombrado por el *partido*− eche mano del *sanatio* canónico, y mande una carta a Roma ratificando su inquebrantable lealtad al Sumo Pontífice con una breve que puntualice: «...razones externas contractuales que escapan a mi control me impiden hacer pública mi lealtad hacia su Excelencia» o similar. Y así, con esa salvedad, el sacerdote u obispo conserva el tipo. Quizá no cobre doble sueldo pero le quedará la tranquilidad de saber que tiene el alma a buen resguardo. No será excomulgado y podrá jugar a dos bandas sin problemas, ni canónicos, ni de conciencia.

Hay que reconocer que la Santa Madre Iglesia siempre ha sido muy hábil y astuta cuando se trata de proteger sus intereses. Y en China los tiene.

Roma no desea una ruptura, de ahí la calculada tolerancia. El Vaticano no va a indisponerse con las autoridades de un país en el que quizá llegue a cosechar grandes éxitos. La Iglesia es inmortal, puede permitirse ser paciente. Todo cambia, las situaciones se invierten. Un día no muy lejano China se abrirá «oficialmente» a todos los cultos, y se convertirá en un objeto de deseo general. En honor a la verdad, ya lo es. De modo más o menos encubierto, toda clase de sectas y creencias cristianas han desembarcado en el país. El Vaticano no puede perder este tren. Si ahora, aunque sea mediante alguna que otra trapacería o transgresión, hay posibilidad de poner ya una pica en Flandes, no es cosa de desaprovechar la oportunidad. Muy en especial porque protestantes y evangelistas parecen estar captando a la clientela con más maña que los católicos. En consecuencia, si de lo que se trata es de elegir entre unos cuantos principios abstractos y la posibilidad real de que China termine siendo católica, la decisión está cantada. Entiendo que esto pudiera ser doloroso para algunos creyentes cargados de buena fe, pero la realidad es muy testaruda. Una religión con estado propio, banca oficial y guardia suiza, no es ninguna broma idealista. Es práctica, eficaz. Y persigue resultados tangibles.

No está nada claro que China y Occidente compartan la misma idea sobre lo que es la religión. O para qué sirve, qué función cumple en la vida de los hombres.

A primera vista, parece que a las jóvenes generaciones chinas la religión les interesa más como bien de consumo que no como aspiración relacionada con algo más íntimo, personal. Están dispuestas a «adquirirla», igual que se hacen con cachivaches electrónicos y otros juguetes occidentales. Tampoco es nada seguro que comulguen, ni ellos ni sus mayores, con las ideas esenciales del Evangelio. El individuo tiene escasa importancia en China, lo que cuenta es la fuerza colectiva. La compasión y la caridad cristianas no se practican demasiado y, en general, no se consideran virtudes a cuantificar. Al contrario de lo que pensaron los jesuitas, y la historia ya demostró que erraron sus cálculos, China no tiende de modo natural a las virtudes cristianas (el Vaticano tampoco tiende a ellas, pero esa sería otra discusión).

Pese a adolecer de una vena sentimental pegajosa e ingenua, los chinos son pragmáticos y, por encima de todo, comerciantes. Su aproximación al fenómeno religioso es más mercantil que otra cosa. Una transacción cualquiera. Un arreglo, acuerdo entre ellos y los dioses, si es que los hay. No es seguro que crean en su existencia, pero se cubren las espaldas por si acaso. Cuando quedar bien es tan simple como darse un garbeo por el templo, quemar un poco de incienso y poner un puñado de *yuanes* en una hucha, mejor hacerlo que no hacerlo.

Los templos chinos son meras plazas de mercadeo. Sin disimulos, hipocresía o complejos. Una ausencia de complicaciones que relaja, siempre es de agradecer.

El templo taoísta de Jiangdong, en Beijing, por ejemplo, resulta insuperable en este aspecto. El lugar consiste en una serie de edificios simples y patios interiores comunicados entre sí. Estos espacios contienen una profusión de hornacinas. Adaptando el concepto, se corresponderían con las diversas capillas laterales de las catedrales católicas, dedicadas, casi siempre, a uno u otro miembro del santoral. Aunque, al contrario de lo que sucede en nuestras catedrales, aquí los compartimentos se suceden uno tras otro, sin transición, como los vagones de un tren de mercancías. Unos son más grandes, otros más pequeños, el tamaño varía en función de la importancia del inquilino, la deidad de turno. Ahora bien, el santoral chino tiene una concreción aplastante. Sus selectos miembros están –por unanimidad– vinculados a cuestiones prácticas y asuntos terrenales. Ninguno de ellos tiene aspiraciones metafísicas o trascendentales. Solo cooperan con los humanos cuando estos afrontan dificultades materiales y traspiés definidos de la vida. En suma, problemas tangibles, casi todos cuantificables mediante operaciones de aritmética.

Hay capillas destinadas a resolver asuntos y otras destinadas a evitar desastres. O sea, en afirmativo o por defecto. Existe una capilla para la consecución de hipotecas y préstamos, y otra en la que pedir la colaboración de los dioses para llevar a cabo –con éxito– negocios nuevos. Pero también hay una destinada a frenar a los competidores en el comercio, o a evitar la muerte por accidente, que los chinos definen como traspaso «antes de lo previsto». También hay otras algo más genéricas, para la buena fortuna –dinero contante y sonante, ojo, no confundir con el destino–, o para neutralizar el mal de ojo del vecino envidioso. Casi podríamos aventurar que esta última sería lo máximo en cuanto a abstracciones o peticiones «intangibles». Por supuesto, existe la de la salud, la del pretendiente rico... La lista sería muy larga, baste con decir que no hay una sola hornacina al servicio de nobles ideales. O de aspiraciones que signifiquen una elevación algo más allá de un palmo del suelo. Loado sea el pragmatismo.

En el interior de estos compartimentos –similares a ventanillas oficiales del estado, o a tenderetes– hay unos dioses relucientes que despiden destellos dorados y colorines chillones. Son monigotes grandes, cejijuntos, panzudos. Unos sentados, otros en pie. Instilan voluntad de poder pero su confección es tan pueril que no impresionarían ni a un niño de teta. Desde luego, no poseen el menor rasgo poético, ni sobrenatural, ni bondadoso. Y en cuanto a la mística y la contemplación, mejor las dejamos para otro día.

Además de estas deidades grotescas, y en coherencia con lo expuesto, cada hornacina contiene también una hucha.

Los fieles van de una «ventanilla» a otra. Depositan su reclamación o su petición, ambas en forma de unas tabletas con inscripciones que venden allí mismo. Luego meten sus *yuanes* en las huchas. Invierten en proporción a lo que desean o a la gravedad de su problema, o a la importancia de su petición. O a sus posibilidades, claro. No hay ninguna solemnidad en estas ofrendas votivas. Tienen un punto bien humorado, simple, saludable. Son un tú a tú comercial con los dioses en términos igualitarios. Yo te doy tanto, tú me entregas tanto. A ver si llegamos a un acuerdo y nos entendemos.

Y si no cumples tu parte en el trato, la próxima vez cambio de proveedor, pago en otra ventanilla.

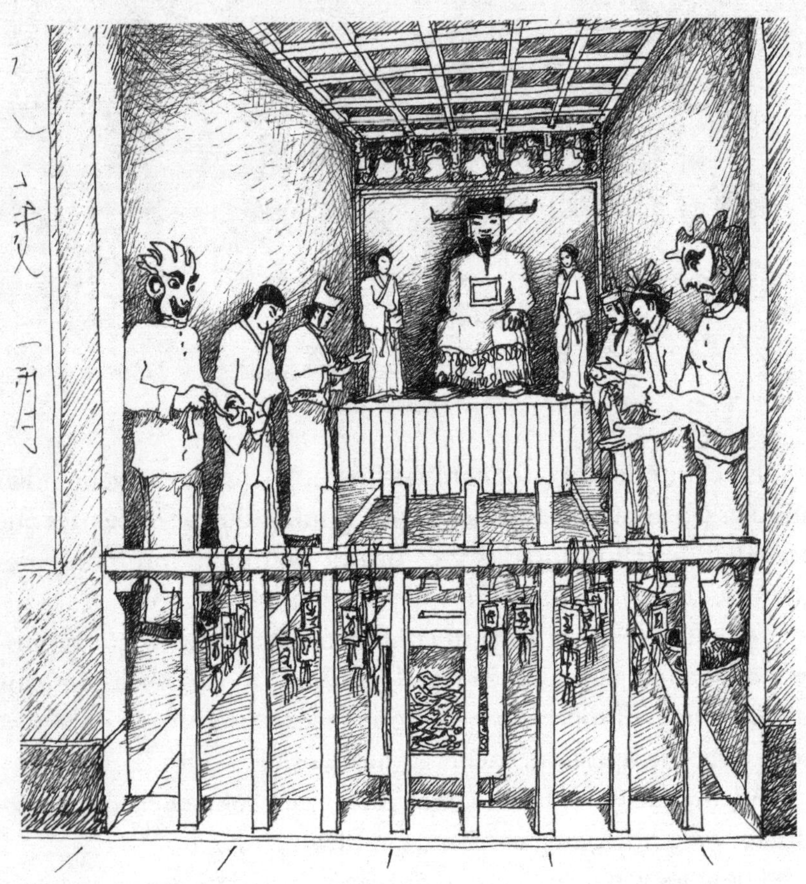

Para completar el cuadro, en los patios hay toda clases de puestos. Venden *noodles, dumplings* y matracas de colores. Papeles recortados con los animales del horóscopo chino, amuletos diversos, las tabletas ya citadas y larguísimas barras de incienso. También suele haber unos cuantos monjes taoístas que resultan muy decorativos y un par de policías, supongo que por si las moscas alguien se descarría o se toma el asunto con demasiado celo.

De niña yo tenía un libro de religión lleno de ilustraciones. Una de ellas me impactaba mucho porque era la única en que Dios hijo parecía haber perdido los nervios. La acción se situaba en el templo, Jesús estaba furioso, echaba chispas de fuego por los ojos y llevaba un látigo en las manos. Se trataba, por supuesto, de la famosa escena conocida como la «expulsión de los mercaderes del templo».

Cada vez que entro en un templo chino me viene a la mente esa imagen. Miro a mi alrededor y veo a las cohortes de feligreses y familiares cumpliendo alegremente con sus trámites. Fajos de billetes en las manos. De ventanilla en ventanilla, de transacción en transacción. Y no puedo evitar una carcajada silenciosa. Dudo que haya agua bautismal capaz de neutralizar el espíritu comercial de los chinos. Su trajín es humano, terrenal. No busca ni pretende la eternidad. Y eso, la verdad sea dicha, me provoca más regocijo que pena.

A menos que uno tenga la configuración de un perfecto tarugo, cuando se trasplanta a otro lugar observa a sus nuevos conciudadanos con mucha atención. Trata de hacerlos más o menos inteligibles. No hablo de una identificación primaria, esa simpleza calificada pomposamente como «empatía»; instante en que el vecino se pilla el dedo en la puerta y entendemos que le duele, sea chino, tártaro o valenciano. Eso no es discernir al otro, sino una aproximación que provoca espejismos complacientes. Incluso estorba, pues impide llevar el esfuerzo un poco más allá. En un sentido intelectual, o en uno más poético y perceptivo.

Pienso en «discernir» como algo más profundo y amplio. Por ejemplo, buscar un marco, un corpus de «algo» que permita situar al prójimo en contexto. Establecida la humanidad, carne y sangre, que nos es común, de lo que se trata es de hallar los distintivos. Y las semejanzas, si las hay.

Es muy difícil, si no imposible, hallar similitudes con nuestros congéneres chinos. A simple vista, no tenemos ninguna. China es otro planeta, y además habitado por extraterrestres. No es solo la lengua enrevesada y hermética; o el país, enorme, lejano, ajeno. Es algo mucho más sustancial que eso. Algo que podríamos calificar como el sustrato, o los sustratos que, sedimentados, capa tras capa, cimientan lo que somos.

Los chinos no han vivido de acuerdo a esa idea, para nosotros muy digerida, del desarrollo de las virtudes personales –o realización individual– en el marco de la *polis*. Es más, de un modo general, salvando matices para estudiosos especializados, se ha dado lo opuesto. En este país la colectividad ha sido, aún es, lo prioritario. Y cualquier progreso social se lleva a cabo partiendo de una jerarquía fuertemente estructurada en la que la rebelión individual no cabe ni se contempla. La tradición china va en pos de la armonía, de la ausencia de conflicto. Aquí no hay Antígonas ni Edipos que valgan. Y si los hay, no ocupan lugar preferente en el pabellón de los héroes.

Intuyo que esa falta de sustrato común, en algo tan fundamental como es la centralidad, o descentralidad, del individuo respecto al universo que le rodea, es, en primera instancia, lo que separa por completo a occidentales de chinos. Lo que nos hace totalmente ininteligibles el uno para el otro. Para nosotros, gente del poniente, el individuo es el ombligo del universo. Esta idea, nacida en la Grecia clásica, ha sido enriquecida y declinada, con variaciones, durante siglos y siglos. Conforma el hilo conductor de nuestra historia y cultura. Es nuestro sustrato, pasado por el cuerpo y la mente, una y otra vez.

Lo que para nosotros es tan natural como inhalar y exhalar aire, resulta impensable para un chino. Se puede explicar, sí. Pero no transmitir por vía intravenosa. El amigo chino comprenderá, racionalmente, lo que le contamos. Pero será incapaz de sentirlo, de filtrarlo a través de su propia entidad. La afilada –fastidiosa, sufridora, egocéntrica– conciencia del yo que tenemos quienes hemos sido criados, generación tras generación, en las fuentes del Helenismo, no existe aquí. O existe de otra manera.

Y visto desde la otra orilla sucede lo mismo. También a nosotros nos resulta imposible pensar y sentir en términos colectivos. Para ello deberíamos hacer un sobreesfuerzo mental, falsificar el cerebro. Quizá conseguiríamos una aproximación, sí. Pero jamás sería ese sustrato sedimentado y existente a todas horas que genera conductas y actitudes automatizadas. La comprensión mutua, en el sentido extenso y real del término, es inviable.

Solo es una hipótesis posible. Más literaria que intelectual, y cero en empirismo.

Frente a esta impracticabilidad, que no tiene por qué ser dramática, uno puede armarse de tolerancia, de simpatía y afecto. Pero también le es dado hacer alguna intentona por vías más tangenciales.

(AVISO: Lo que sigue ahora es solo apto para criaturas imaginativas y algo aventureras. Pusilánimes abstenerse. Solo conseguirán pasar un mal rato).

Acérquese usted a Beijing. Cómprese una bicicleta en el primer puesto que encuentre. Los hay por todas las esquinas y son callejeros, nada de tiendas. No cometa idioteces, hágase con la mas destartalada, oxidada y vieja posible. Dentro de un orden, es decir, que la cadena esté en su sitio, que ruede y funcione. Y, sobre todo, que frene. Le costará entre diez y quince euros, aun sin regateo. Amortizables en un solo paseo.

A las seis de la mañana tómese un té, o café, bien cargado. Póngase mascarilla y gafas oscuras. Ambas le serán útiles, para la polución y para pasar inadvertido. Luego súbase a la bici y diríjase a una de las grandes avenidas. Incorpórese al carril de vehículos ligeros —es muy amplio, nada que ver con los pasillitos de nuestras ciudades europeas—, y piérdase entre esa corriente de ciudadanos que fluye sin cesar.

Déjese llevar, pedalee al mismo ritmo que los demás. Vaya con la marea, le conducirá por los diversos corazones de la vida china. Cruzará la inmensidad de cemento que es la Plaza Tiannamen y será bendecido por la edulcorada imagen de Mao Zedong que preside la Ciudad Prohibida. Pasará por los patios caóticos de los *compounds,* penetrará en el laberinto de los *hutongs.* Viajará con la gente que va a su trabajo, sea el que sea. Verá sus centros comunitarios, las escuelas, los gimnasios para mayores, los cientos de baños colectivos, los ambulatorios y puestos médicos callejeros.

Irá en compañía de las abuelas que llevan a sus nietos a la escuela, o al parque. Se topará con coros de ciudadanos cantando –y muy bien, por cierto– glosas revolucionarias bajo la batuta de directores llenos de fuego y entusiasmo. Volará entre los espléndidos sauces llorones que flanquean las calles, y tendrá que agachar la cabeza para evitar sus lianas mecidas por el viento. Acompasará su ritmo al de los menudos cochecitos de lata cargados con toda clase de mercancía. Y cederá paso a motos flamantes y rosarios de bocinazos. Es el empuje de la juventud que llega, dispuesta a comerse al mundo.

Tras los carritos llenos de frutas y verdura arribará a toda clase de mercados multicolor, grandes y menos grandes. Sonreirá a las ancianas sentadas en la cima de pirámides de coles en pequeños remolques arrastrados por ciclomotores. Y, con un poco de suerte, tendrá por vecino al vendedor de globos, ese ciclista al que solo se le ven los pies porque flota envuelto en una nube de brillantes colores.

Pasado el primer susto, el miedo a ser atropellado o a extraviar el camino. O el temor, aún más agudo, a perderse a sí mismo –salir de su propia identidad–, disfrutará de la experiencia. Pronto llegará a confundirse con la gente, será parte integrante de su fluir. No digo yo que tendrá una revelación mística, ni que descenderá la Santa Paloma para imbuirle con esa bobada llamada empatía. Pero a poca imaginación que posea, percibirá un rumor sordo y constante. Es el zumbido de la colmena. La energía que se desprende de la colectividad. El motor de China. Su gente, todos a una.

¿CUÁNTAS RATAS POR CORDERO?

Nunca he visto una rata en Beijing.

Las retinas de la totalidad de la audiencia —ese día no había un solo ojo rasgado, puntualizo—, se posaron en mí con una expresión compasiva que en aquel momento no conseguí interpretar.

Estábamos poniéndonos de cócteles en el Bar Ming de Sanlitun. Se trata de un lugar minúsculo y acogedor, como la sala de estar de una casa cualquiera. Para entrar se requiere ser miembro y tener un código específico (el tablero con los números está en la puerta). No es un club en absoluto selecto, al menos no en el sentido británico del término. Cualquiera puede inscribirse. Basta con pagar el equivalente a unos cien euros. La cantidad no está destinada a la cuota sino que es un fondo de inversiones para financiar las propias bebidas. Una idea estupenda que fomenta con alegría el alcoholismo y el consumo desatado, con el correspondiente gasto, claro; los chinos no dan puntada sin hilo. Dicho en plata. Bebes y bebes y vuelves a beber, y así hasta que te fundes los cien del ala. Luego añades más dinero al fondo. Y bebes y bebes y vuelves a beber etcétera.

Retomando lo que nos ocupa. Me gustan todos los animales, salvo las ratas, por las que siento una repulsión rayana en la fobia. Durante los años que viví en México DF nunca usé sandalias por terror a algún roce casual con ellas. Sin necesidad de ir tan lejos, me las he tropezado en Barcelona, Londres, París. Y la última vez que visité la muy aséptica Ginebra, un ejemplar particularmente lustroso correteaba frente a la Ópera. Tan relajado como un banquero de la zona.

El hecho de que Beijing las hubiera erradicado me parecía uno de los valores positivos de la ciudad. Era admirable, insistí yo aquel día en el Ming, que en una ciudad con chiringuitos de comida y mercados por todas las esquinas, no surjan legiones de roedores trotando por las aceras. Para entonces la expresión de los amigos había pasado de compasiva a atónita e incrédula. Se hizo un silencio espeso. Pero llegaron más cócteles. Un amigo americano abrió otro hilo en la conversación. Las ratas pasaron al olvido.

Aquella misma semana vi, por fin, una.

Fue en el mercado callejero de Tianjheu, una pequeña lonja diaria y muy china —ni un solo occidental—, que tiene un simpático aire de improvisación. Decenas de campesinos, habitantes de las afueras, aterrizan en el barrio con sus carritos y camionetas rebosantes de mercancía. Montan las pequeñas paradas como a las seis de la mañana, a las nueve empiezan a recogerlas y para las nueve y media ya se han esfumado, dejando tan solo un rastro de hojas de col y alguna fruta extraviada tras ellos. La mayoría de puestos son, precisamente, de fruta y verdura, aunque también hay ancianas que acuden con las cestas de sus bicicletas repletas de comida casera: pollitos lacados, pies de cerdo envueltos en hojas de bambú y otras exquisiteces estupendas. Además de lo comestible y algo de ropa sencilla, suele haber barberos ambulantes, dentistas y masajistas que trabajan *in situ*. Y toda clase de chamarileros tratando de endilgarnos ingenios aplicables a cualquier situación. Es un mercado francamente divertido en el que yo he perdido bastante más horas de las que debiera.

Aquel día, uno de los chamarileros trataba de vender un «ahuyentador» de ratas. El invento consistía en un pequeño artilugio que se enchufaba directamente a la corriente. Según su creador, espantaba a los roedores. Imagino que debía ser un emisor de ultrasonidos (aunque quizá no era nada, solo un pequeño timo). En cualquier caso, lo fantástico no era el ingenio en sí sino la «demo».

El vendedor estaba en pie tras una simple tabla de madera. En un extremo del precario mostrador había colocado una jaula grande de bambú con una rata dentro. En la otra esquina, un alargador con enchufe conectado a la batería de su coche (lo tenía con el capó abierto). La *performance* consistía, primero, en hacernos callar a todos con grandes aspavientos y mucho teatro. Apaciguada la audiencia —nosotros—, nos hacía notar que también la rata estaba inmóvil y tranquila en su jaula. Luego levantaba su artilugio, para que lo pudiéramos ver bien. Y a continuación lo enchufaba en el alargador con gesto pausado y ceremonioso. De inmediato señalaba con dramatismo a la rata. Y entonces el bicho, como respondiendo a una señal convenida, a lo mejor lo era, se ponía a correr y chillar despavorido por su jaula. Golpeaba los barrotes, se izaba sobre las patas traseras. En suma, buscaba escapar, como si de veras quisiera salir pitando, aterrorizado. Pasados un par de minutos, el chamarilero desenchufaba de nuevo el artilugio y volvía a señalar a la rata. Esta se apaciguaba, regresaba a su anterior estado de letargo. Y comenzaba otra vez el proceso.

El espectáculo era tan fascinante que vencí la repulsión y me quedé un buen rato clavada allí, entre la concurrencia. Confieso que sucumbí al reclamo. Y fui la única, pues no hubo un solo cliente más para un invento tan útil. Cosa rara. El artilugio valía sólo diez yuanes (un euro en aquellos días, ahora muchísimo más) y me consta que a esos precios los del barrio compran lo que se les ponga por delante.

Un poco más allá, por ejemplo, había otro engatusador que anunciaba una herramienta para desatascar tuberías, consistente en una escobilla pegada a un tubo telescópico. El hombre había desplegado, en medio de la acera, como cuatro metros de tubería formando un dibujo con varios codos incluidos. Metía su herramienta en un extremo, hurgaba, desplegaba el telescopio. Y a los pocos segundos la escobilla asomaba por el otro extremo de la cañería tras haber sorteado el trayecto con sus curvas, subidas y bajadas. El trasto entusiasmó a los vecinos, hubo aglomeraciones, y el chamarilero vendió escobillas a destajo.

El ahuyentador de ratas, en cambio, fue un fracaso comercial. Y el vendedor no tardó mucho en quedarse solo con su animalillo.

Un par de meses más tarde saltó la noticia, y con grandes titulares, en todos los periódicos extranjeros.

Las autoridades chinas habían practicado novecientos arrestos por un fraude multimillonario. Los delincuentes en cuestión habrían adulterado miles de toneladas de carne de zorro y de rata para convertirla en carne de cordero. Siendo estrictos, los periodistas narraron la noticia con escaso rigor informativo. Hablaban todos de «carne de cordero adulterada» cuando era, en realidad, a la inversa. Lo que se adulteró fue la carne de zorro y de rata.

En cualquier caso, y minucias detallistas aparte, la lectura de la noticia me causó cierta irritación. Una se harta de leer textos tremendistas y truculentos sobre China. Ya está bien. Así que me fui a buscar a G para hablarle del asunto. G es mi *link* con la realidad china. Trabaja todo el día con nativos, mantiene excelentes relaciones con ellos. Le cuentan cosas, le pasan chismes y rumores.

—No será para tanto —protesté—, otra exageración, o mentira, de los medios occidentales.

G suele ser muy ecuánime en estos temas y casi siempre estamos de acuerdo. Pero esta vez me topé con una mirada conmiserativa.

—En Beijing no se ven ratas. Ya lo comentaste un día. A ver, tú que tienes tanta imaginación y eres escritora, ¿alguna idea del porqué?

¿Que si la tenía? Estaba pálida, al borde del soponcio. Pero tuve que apurar el cáliz hasta el final.

—Se dice que hay cuadrillas que las cazan —siguió, implacable, G.

—¿Las cazan?

—Sí. Salen por las noches y las cazan.

—¿Para qué? —musité, más que articulé. Mi pregunta era vana.

—¿A ti qué te parece?

G y yo no somos relamidos. Nos entusiasma probar cosas nuevas. Picoteamos de todo en todas partes y a todas horas, igual que hacen los chinos (no responde a ninguna intención integradora, que conste; es pura glotonería y afición a la comida). Me vino a la mente la cantidad de veces que nos hemos alimentado por la calle, en esos chiringuitos adorables donde se comen pinchos de carne. Es cierto que son harapitos pequeños, sin morfología precisa, y que podrían proceder de cualquier animal. Aunque les juro que saben —intensamente– a «cordero», a «cerdo», a «vaca» o a «pollo».

—¿Y cómo has permitido que comamos por la calle? ¿Sabiendo como sabías, esto?

—Bueno —respondió G con aplastante sentido común —aquí vivimos, ¿no? Y ya ves. Estamos sanísimos. Enfócalo del siguiente modo. Todo lo sirven tan cocinado y elaborado que, por muy ratas que sean, es dudoso que nos transmitan alguna enfermedad, tipo peste bubónica o así. Fíjate —acabó, sentenciando con aplomo—, las ratas son menos peligrosas cocinadas y digeridas que no crudas, vivas y sueltas por ahí.

La conversación me dejó en un estado de *shock* indescriptible. Y además me privó de uno de los grandes placeres de China, probar comida por la calle. G sigue haciéndolo como si nada. Yo me siento incapaz, al menos en lo que respecta a los pinchos de carne.

¿Cuántas ratas hacen falta para confeccionar un cordero? (aunque sea lechal).

El trauma que me causó la noticia derivó en una pequeña obsesión morbosa. Durante unos días me dediqué a rastrear exhaustivamente la red en busca de detalles del asunto. Hasta que di con un artículo publicado por un periódico inglés. El texto explicaba, con pelos y señales, el proceso que habían seguido los estafadores para convertir la carne de rata en carne de cordero (prescindo de los zorros, me importa un bledo haber estado comiendo zorro). Según las investigaciones del reportero, a la carne de los roedores se le inyectaba gelatina, más una retahíla de conservantes. Y, para rematar, carmina, un colorante bermellón que se extrae de los escarabajos peloteros o similar.

Trato de imaginar las diversas fases del procedimiento. Primero, salir a cazar las ratas. Luego, despellejarlas. Después, deshuesarlas. Desproveerlas de su morfología original y crear una masa imprecisa de carne. A continuación inyectarle toda la química. Y, por fin, esculpirla para darle forma de cordero. ¿Pata? ¿paletilla? ¿costillas medianas? Sea una cosa u la otra, y se mire por donde se mire, un trabajo colosal. Y complejo.

Teniendo en cuenta todo esto. ¿No resultaría más práctico y sencillo criar directamente rebaños de corderos?

Convertir ratas en corderos es un desatino solo posible en China. No me refiero al fraude y a la mistificación. De eso tenemos en todas partes y no estamos para dar lecciones a nadie. Me refiero al complicadísimo, y retorcido, proceso que sufre el producto de origen hasta llegar a su resultado final.

Extrapolando un poco. Este afán por perseguir la copia perfecta, aun a costa de grandes esfuerzos y un gasto infinito de paciencia, parece ser muy del gusto chino. Da igual que se trate de falsear joyas, antigüedades, relojes, motos o aviones, la cuestión es concentrarse, trabajar con minuciosidad enloquecedora. Convertir el trámite en una labor de orfebrería. Me pregunto si no se tratará de un rasgo idiosincrático. Un determinismo de orden genético. Y aun con todo, no deja de ser curioso que un pueblo con un espíritu mercantil tan afilado sea, al mismo tiempo, tan poco funcional, tan dado a perder tiempo. Curiosa contradicción, probablemente guarda relación con la ingente cantidad de mano de obra de la que dispone el país.

Siguiendo con el razonamiento. La adulteración de estas carnes respondería entonces a un impulso artístico y creativo que iría mucho más allá de la mera estafa o afán pecuniario. Como si este empeño, el de conseguir la copia perfecta —aun a riesgo de invertir más en ella que en conseguir el original—, fuera un fin en sí mismo. Una aspiración loable, noble.

El articulista británico concluía su texto con una frase retórica por lo absurda. *The police did not explain how exactly the traders acquired the rats and other creatures.*

Lo de las otras criaturas no lo sé. Lo de las ratas se lo puedo responder ya mismo.

LAS PÁJARAS

A César, primer Cicerone, permanente amigo

—Son unas pájaras.

La definición abarcaba a la totalidad de las mujeres chinas. Quien hablaba así era una rubia despampanante –italiana, para más señas– que además no debía tener más allá de treinta años. Tras dejar bien asentada la afirmación repitiendo su frase un par de veces, pasó a detallar, con notable amargura, algunos ejemplos del mentado comportamiento aviar. Todos se referían a flagrantes robos de maridos, amantes y *fiancés*, padecidos, ya fuera en carne propia, ya en ajena.

El juicio se me antojó temerario, además de severo. Pero no era cosa de enzarzarnos en un debate espeso durante una cena banal con meros conocidos. Recuerdo haber sentido cierta compasión por la joven italiana y sus desdichas amorosas. Es un alivio haber sobrepasado la edad de la vehemencia. El desplome hormonal trae consigo varias liberaciones. Verbigracia, una actitud mucho más relajada sobre estos delicados asuntos. Aunque el clamor general asegure que los celos son fruto legítimo de la moral y algunas ideas al uso sobre lealtad, la experiencia parece apuntar más a la química que a la ética.

Y fue precisamente ella, la rubia, quien unas semanas más tarde me presentó a los protagonistas de una historia a la que quizá algunos sepan encontrar moraleja.

Pareja mixta formada por varón inglés y mujer china. Él, Robert

Appleberry, Bob para amigos y conocidos. Ella, Wu Tiang, más conocida como Darling Sho.

El apodo tenía su miga. Como muchos chinos y chinas, Wu Tiang se había adjudicado un nombre occidental: Sophie. Era un nombre bonito que sonaba bien. Le gustaba, se había acomodado a él. Pero cuando Bob entró en su vida lo consideró poco exótico. Ni corto ni perezoso, se lo recortó por detrás. Y Sophie pasó a So, pronunciado a la china en vez de a la inglesa, porque —admitamos— Sho suena mucho más sensual que So. La mutación no acabó aquí. Algo más tarde —tras los tres primeros polvos, para ser exactos—, a Bob el monosílabo se le antojó demasiado breve para lo grande que era su amor. Y lo alargó de nuevo, ahora por delante, añadiéndole un almibarado *Darling*. Y así fue como Wu Tiang se convirtió, a todos los efectos, en Darling Sho.

Míster Bob Appleberry, *chairman* para toda Asia de una empresa aeronáutica internacional conocidísima, tenía unos sesenta y cinco años. Sin duda sería un filibustero y un águila para los negocios, pero quitando el ligero barniz de carisma que dan el dinero y el poder, en el trato social solo resultaba un tipo vagamente campechano. En suma, no llamaba la atención. Entre otras razones porque cualquier dosis de esta era acaparada, y con creces, por su pareja.

Darling Sho era un fenómeno de la naturaleza que cortaba el hipo. En materia de primaveras seguía la pauta habitual en estos casos, cuarenta menos que Bob, pero en todo lo demás estaba fuera de cualquier norma o convención. Ignoro a qué etnia pertenecería, desde luego no era una china Han y menos del tipo aporcelanado. Tenía los rasgos tallados a cuchillo, casi mongoloides. La piel bruñida y oscura, labios carnosos, ojos entre rasgados y almendrados. El cuerpo poderoso, de huesos grandes; un andamiaje impresionante, no digamos la musculatura. Medía más de un metro ochenta. Abrumaba. A su lado, cualquier otra mujer, no importa las cualidades que tuviera, menguaba hasta la insignificancia. Pues ¿de qué demonios sirve derrochar inteligencia y virtudes cuando todas las miradas e intereses confluyen en otra parte?

Desde luego, Sho tenía plena conciencia de los estragos que causaba. No le quitaban el sueño, más bien lo contrario. Se relamía de gusto, y potenciaba su aspecto —mezcla de *dominatrix* y monumento de la UNESCO— con absoluto descaro. Tacones altísimos, melenas negras al viento. Maquillaje expresionista, perfumes asfixiantes. Vestidos largos con escotes de vértigo para la noche; colores llamativos, brillos y plumas a destajo. Para el día, estilo cacería inglesa. Chaquetas entalladas de *tweed,* pantalones como segunda piel, botas de montar y sombreros. Una nube de *beagles* a su alrededor no hubiera desmerecido en absoluto la puesta en escena.

La cuestión es que entre atributos naturales, *atrezzo* y efectos especiales, no importa el ángulo desde el que se la mirara, o si era de día o de noche, Darling Sho jamás pasaba inadvertida.

No había que ser un lince para adivinar lo que Bob sentía por ella. Bebía los vientos y, a falta de sabuesos, la adoraba como una jauría de perros entregados. Eso, al menos, es lo que se podía deducir a primera vista. Porque tras observación más cercana, esta primera percepción daba paso a otra. El asunto resultaba bastante más retorcido. No estaba nada claro si el directivo de la aeronáutica la amaba con locura a ella, o si lo que de verdad derretía su alma era el efecto, sensacional, que ella producía en los demás. Porque es un hecho que la paseaba de modo exhaustivo, incansable. Y cada paseíllo provocaba escenas dignas del mejor Balzac.

Los hombres se apiñaban alrededor de Darling Sho, había codazos y empujones para rozar la orla de su vestido, respirar su aroma. Por no hablar de los selfies, la concurrencia masculina se daba de bofetadas para fotografiarse a su lado. Y a todas estas Bob permanecía un tanto apartado, contemplando el tumulto con orgullo de propietario. Un día le insinué que debería cobrar a tanto por foto, se sacaría una razonable *pocket money.* Una broma de lo más idiota, tirando a pueril, pero el tipo se la tomó al pie de la letra. Oh, no —me respondió con voz abyecta—, yo soy quien debería pagar por el privilegio de que me vean con ella. Lo obvio de la patología me dejó pasmada, casi estuve tentada de echar una ojeada de soslayo a su bragueta, segura de adivinarle la erección. Un asunto cristalino, a Bob le «ponía» mostrar a su compañera. Supongo que la exhibición debía dar fuelle a su vanidad, quizá maltrecha en otras trincheras, o simplemente insaciable.

Con semejante cuadro clínico, se comprende que el eje motriz de la pareja fuera la vida social. Vivían en un perpetuo escaparate. Ningún festejo o sarao de la ciudad se libraba de ellos y además eran maestros en hacerse notar.

Para empezar, aterrizaban siempre lo suficientemente tarde como para interrumpir algo. Ya fuera un aperitivo, un baile o una conferencia, la cuestión es que llegaban, cualquier actividad se detenía, y durante un rato el microcosmos social pekinés giraba en torno a ellos. Después estaba el asunto del maquillaje y vestuario. En ambas cosas Darling Sho detentaba la exclusiva del tecnicolor. Donde quiera que se colocara, sus alrededores se convertían al instante en tierra quemada. Solo ella brillaba y refulgía, como si todos los focos de la sala apuntaran a ella, y solo a ella. La *tenure* de Bob, trajes color sombra y corbatas de tonos mortecinos, subrayaba aún más el fenómeno. Sospecho que su fondo de armario no debía tener otra finalidad que la de dar más relumbre a su pareja, y de este modo alimentar la pequeña perversión que le aquejaba.

Solía llevarla agarrada por la cintura, la pieza anatómica que le quedaba más a mano; Darling Sho le sobrepasaba un buen trecho. Y de esta guisa hacían su aparición, siempre enganchados como lapas. Ni en las puertas rotatorias se despegaban. Su habilidad para abordar estos artilugios, que en China están siempre medio invalidados por unos ramos enormes de flores de pacotilla, resultaba muy llamativa. Habría requerido sus horas de ensayo.

Una vez en su lugar de destino, avanzaban despacio, saboreando la expectación creada. Él, con la respiración contenida, el pecho palomo, alto y abombado. Y en cuanto a ella, semejaba una pantera tostada arrastrando a su presa. A nadie le hubiera sorprendido lo más mínimo ver un par de hilillos de sangre resbalando por la comisura de sus labios.

Innecesario jurar que Bob la malcriaba tanto como su cuenta corriente le permitía, y era mucho. Darling Sho vivía como una sultana o, mejor dicho, como una hetaira liberada del serrallo. Viajes en primera, hoteles estrellados, *spas* y resorts de moda, ropa de marca, joyas. Su enamorado la conservaba rebozada en oro, y no era metáfora sino literal.

En conjunto, resultaba bastante risible ver a aquel portentoso ejecutivo de los cielos sometido a los caprichos de una fiera tan terrestre. Muy en especial porque Darling Sho encarnaba lo contrario de lo que socialmente se espera de la pareja de un alto directivo. En el trato cercano resultaba de una vulgaridad desconcertante. No tanto por la acusada grosería, aunque eso siempre descoloque a la *polite society,* sino por la total ausencia de complejos con que la practicaba. Golpeaba la espalda de los hombres lanzando grandes carcajadas. Voceaba como un megáfono, se desplazaba de un lugar a otro a zancadas largas, con más empuje que finura. Y, en definitiva, se comportaba con una autenticidad radical. Buen ejemplo de ello era su nula relación con las mujeres. Nos ignoraba por completo. Solo le significábamos un estorbo irritante en un paisaje que ella hubiera querido enteramente masculino. Muy en coherencia, había decidido negarnos la existencia. Lo viví de primera mano. Me la presentaron, en diversos lugares, varias veces. Jamás consiguió retener, ya no digamos mi nombre, sino mis facciones. Se entiende, ¿qué interés podía tener yo, o cualquier otra mujer, para ella?

Releo estas líneas. Pudieran llamar a engaño, esbozan el retrato de una amante o mantenida. Nada más lejos de la verdad. Aunque desposada reciente, Darling Sho era la legítima «señora de». Claro está que antes había habido otra Mrs. Appleberry, una descafeinada ama de casa oriunda de Surrey, y también una Miss Appleberry –hija– y un par de nietos. Pero el cesto completo de *appleberries* quedó relegado al olvido en cuanto ella hizo irrupción. Malas lenguas decían que Sho había maniobrado con gran astucia hasta conseguir que Bob se divorciara de la que había sido su compañera toda la vida. También se rumoreaba que la jugada había estado planificada de antemano, con astucia y alevosía. Y que por eso ella hablaba un inglés tan impecable. En cualquier caso, ahora era una genuina Mrs. Appleberry, y gozaba de los privilegios adjuntos a tan encumbrado estatus.

Su nombre estaba en las listas de invitados de todas las celebraciones de las embajadas occidentales y asociaciones de expatriados. Su presencia era requerida en todas las tómbolas, exposiciones, *parties*, conciertos, *brunchs* y fiestas de beneficencia organizadas por las esposas de diplomáticos, altos ejecutivos y demás fauna occidental. Mrs. Appleberry asistía a la totalidad de eventos, fueran lúdicos, caritativos, o ambas cosas a la vez, con poca timidez. Y si alguna vez sintió la tentación de acoquinarse o pensar que era una *parvenue*, jamás permitió que se trasluciera. Pisaba con fuerza, garbo y estruendo. *And that's all.*

La vida social de Beijing es muy activa durante todo el año, pero cuando se acerca la Navidad entra en fase de ebullición. Es entonces cuando las esposas echan el resto organizando mercadillos, bailes y tés, casi siempre a beneficio de algún orfanato u ONG. Actividades muy en la tradición anglosajona, esa que tanto gusta de los saraos *charity* (los países latinos recién empiezan a incorporarse a estas prácticas, lo nuestro siempre fueron las recolectas a pie de calle, hucha en mano y banderitas de por medio).

Aquel año, uno de los mercadillos más concurridos fue el de los expatriados ingleses. Y allí fue donde me di de bruces con Darling Sho. El trajín tenía lugar por la mañana y en día laborable. No había hombres a la vista, sus encantos se despilfarraban tontamente. Estaba más que fastidiada. Para colmo, las esposas británicas la trataban con una cortesía gélida que no daba pie a ningún intercambio. Se gastó una fortuna en varios puestos. Todo eran yuanes para la causa de turno, su generosa aportación fue bienvenida. Pero más allá del frío trueque de mercancía por dinero, nadie hizo un gesto de acercamiento; se le devolvían desplantes y feos con la misma moneda.

Observé sus idas y venidas durante un buen rato. Enlazaba bostezo tras bostezo, sin disimulo ni mano que le tapara la boca. Su aburrimiento resultaba francamente cómico. Me acerqué a ella. Estaba tan podrida de tedio que tuvo a bien reconocerme, incluso me dedicó una sonrisa de bienvenida. Cargaba con un panda de peluche enorme y un tren de juguete. Para los nietos de Bob, masculló. Luego me miró con una pizca de interés. Hasta yo le debí de parecer más estimulante que aquel rosario de esposas bienintencionadas. Propuso que fuéramos a tomar algo.

Me llevó a paso atlético, trotando tras sus piernas inacabables. Siempre bajo su batuta, entramos en el bar del Oposite, un hotel ultrapijo, y prohibitivo, cercano a la zona de las embajadas. Un par de ejecutivos occidentales levantaron los ojos de sus tabletas para observarla con embeleso libidinoso. No había nadie más, hubiéramos podido sentarnos en cualquier rincón discreto. Pero ella eligió una mesa central, cercana a los hombres. Acomodó al oso panda en una poltrona adamascada y se dejó caer en la de al lado. No me dio ni tiempo a mirar la carta, hizo el pedido. Nada menos que un par de *kir royals* de Moët Chandon. Nos trajeron unas copas de cristal sobrecargado llenas hasta arriba. Dudo que en aquel mejunje de color rosa violento coronado por guindas pegajosas hubiera una sola gota de *champagne,* pero ciertamente el supuesto Moët Chandon se reflejaría en la cuenta. Pensé en mis exiguas finanzas, iba a explicarle que yo no me podía permitir esos lujos asiáticos (nunca mejor dicho) cuando de súbito arrancó a hablar. Aparqué mis preocupaciones económicas y me cosí la boca. Porque así, sin más, y del modo más inesperado, aquella fiera me estaba abriendo su corazón, o como quiera que se llamara su órgano de reemplazo.

Antes de entrar en materia, y dado que la mayoría de lectores desconoce el entramado social de Beijing, conviene hacer una breve panorámica general.

* * *

En los últimos años la ciudad se ha convertido en uno de los centros sensibles del planeta. ¿Qué empresa no desea hacer negocio con China? Beijing es su centro político, el lugar donde se toman las grandes decisiones. De ahí que, cuando se trata de abrir oficina, las grandes compañías tiendan a enviar a sus altos ejecutivos más que a los cuadros intermedios. Estos señores —casi siempre son señores— acostumbran a tener familias. Y estas familias no siempre desean mudarse a un lugar como Beijing. La capital del Imperio no es del gusto de todos. La polución es uno de los adornos que más puntos le restan, sobre todo si hay hijos de por medio. El ambiente es insalubre, por decirlo con un eufemismo amable, y se entiende que las madres no quieran ver a sus retoños chapoteando entre mercurio, plomo y otras lindezas tóxicas. Otra cosa son las esposas cuando no hay hijos que atender o estos ya son mayores. Hay algunas que se instalan a tiempo completo con sus maridos. Pero otras muchas van y vienen, sobre todo si tienen sus propios trabajos en el país de origen, o bien otras obligaciones y aficiones. Si, además, los matrimonios son asentados, aún es más habitual que la esposa se ausente por largas temporadas. Y eso, vamos a decirlo con claridad, deja mucho terreno expedito. Concluyendo, en Beijing existe un coto de caza lleno de hombres maduros que padecen los estragos de la soledad pero no los de la pobreza. Concretando aún mas, tipos sólidos en lo económico y vulnerables en lo emocional. Cierro paréntesis.

Que no fue Bob quien eligió a la entonces llamada Sophie sino todo lo contrario ya no sorprenderá a nadie a estas alturas. Lo enrevesado de la conquista, en cambio, sí es digno de interés. Porque Sophie ni siquiera lo eligió a él, sino a su medio de transporte. De hecho, míster Bob Appleberry solo fue víctima colateral de una operación que consistió en la adquisición de un Lamborghini dorado.

El día en que lo vio por primera vez, me contó con ojos soñadores —hablamos del coche, puntualizo—, se encontraba aparcado frente al *lobby* del Four Seasons de Liangmaqiao. El sol de la tarde daba de lleno sobre su carrocería, le arrancaba destellos de oro (esta manida imagen poética, puesta en su boca, adquiría consistencia real, de metal pesado). Aquellas partículas doradas le llegaron al corazón. Tomó su decisión sin titubeos: se casaría con el dueño de ese coche.

¿Y si hubiera sido una mujer?, argumenté yo. Me lanzó una mirada conmiserativa, sus ojos dejaron de ser soñadores para adquirir una curiosa capa de concreción mercantil. Qué ocurrencia más disparatada la mía.

Volvió al objeto de sus amores. Para subrayar lo acertado de su criterio hurgó en el bolso de cocodrilo y sacó el móvil. Pocos segundos más tarde me colocaba una imagen del vehículo –con ella al volante– bajo las narices.

Confieso que me sentí acorralada. No distingo un coche de otro a menos que tengan protuberancias muy visibles, tipo las alas del Rolls Royce o el jaguar del Jaguar.

Me miraba sin parpadear. Buscaba mi complicidad, alguna reacción por mi parte.

—Ehrrr, has quedado muy bien en la foto.

Sus pestañas postizas aletearon con desdén. Una larguísima uña carmesí salpicada de motas brillantes golpeó la carrocería dorada del Lamborghini.

—*Love*. Este encanto vale trescientos mil dólares.

Aquí sí conseguí mostrarme impresionada sin demasiado esfuerzo. Lo estaba. No sabía que un coche pudiera valer tanta pasta. Me miró, satisfecha al fin. Se llevó una de las guindas pegajosas a la boca, y se las arregló para que aquel gesto banal convocara una avalancha de ideas pornográficas. Nuestros vecinos ejecutivos, que hasta el momento habían estado murmurando contabilidades, callaron en seco, más pendientes del trayecto de la guinda que del de las cotizaciones de mercado.

—En cuanto lo vi —hizo una pausa dramática, ajena por completo a la repentina sobrecarga erótica que se nos había venido encima— supe que iba a ser mío.

Nueva pausa dramática. Suspiró aparatosamente, parecía la actriz de un folletín de cuarta (aquí también los hay, no difieren mucho de los nuestros). Un segundo suspiró coincidió con la reaparición del camarero. Traía otras dos copas del mismo brebaje, si cabe más rosado aún; fucsia, para ser exactos. La factura iba a ser de anafiláctico. No habíamos pedido más bebida, protesté con un murmullo. Me acalló con un siseo irritado —¿de dónde sacaba yo que íbamos a pagar estas copas, o siquiera las anteriores?— Cruzó las piernas, pellizcó la nariz negra del panda de peluche y lanzó una descarada sonrisa en dirección a los ejecutivos. Yo era una pardilla.

Se me había desconcentrado, distraída con el flirteo. Menos mal que los señores se levantaron de la mesa y se fueron. Contempló con cierto desconsuelo el bar, ahora vacío de presas. No le quedaba más remedio que prestarme atención.

No me hizo falta tirarle mucho de la lengua. Quería alardear de su conquista.

Hecha su elección, diseñó la estrategia de ataque. No tenía un pelo de tonta. Es más, visto lo visto, se comportó como una gran estadista. Ya quisieran otros, y otras, su astucia y su perseverancia.

Descartó lanzarse sobre Bob de buenas a primeras, ante todo había que estudiar su carácter y sus hábitos. En términos prácticos eso significaba someterle a marcaje constante desde una distancia prudencial. A lo largo de tres meses asistió a todos los eventos sociales susceptibles de verse adornados con la persona de míster Appleberry. Los expatriados tienden a la endogamia, no le resultó difícil saber hacia dónde dirigir sus pasos. Claro que eso implicaba muchos gastos, siguió narrando, ahora con un deje casi escandalizado. Con el cuento de la beneficencia, la mayoría de acontecimientos sociales eran de pago, desde luego nada baratos. Pero, hizo un gesto de resignación, se consideraba una mujer positiva. Decidió cuantificarlos como una inversión, segura de que sería rentable a corto plazo.

Otra cosa a tener en cuenta era la competencia, nada desdeñable. Asentí, comprensiva. Me consta que la hay, y es encarnizada. Las fiestas organizadas por occidentales cuentan siempre con la presencia de un buen puñado de mujeres chinas. Se mueven en bandadas, sin hombres, y suelen ser preciosas. Al contrario que las occidentales —a menudo somos muy desaliñadas— van impecablemente maquilladas y emperifolladas. El alcohol las descomprime mucho. Son pesos plumas, con dos dedos de vino se les afloja el moño. Entonces lanzan grititos de colegiala, bailan entre ellas, se fotografían las unas a las otras y, en suma, se comportan como adolescentes en la edad del pavo. Todo bastante pueril, sí. Pero muchos hombres también lo son, pican con facilidad.

Sin embargo, Darling Sho pertenecía a otra categoría, jugaba en otra división. ¿Cómo se las arregló, durante aquellos meses de vigilancia discreta, para pasar desapercibida entre estos ramilletes de chicas que a su lado semejaban sardinas escuchimizadas? Muy sencillo, dedicó una sonrisa de hiena a mi inocencia, bastaba con apearse de los tacones, recogerse el pelo, vestir de modo neutro, no maquillarse. ¿Y qué hay del inglés? Inquirí yo. Porque el suyo era inusitadamente bueno, y refinado. Oh, sí, reconoció. Estaba orgullosa de su inglés, pero en aquellos días simuló chapurrearlo apenas. No le convenía en absoluto que sus rivales conocieran la munición de la que disponía. Y un inglés con acento de la BBC era una munición muy eficaz. Le había costado lo suyo el aprendizaje, en tiempo y dinero. A ella y a sus padres, pues había empezado a estudiarlo en cuanto tuvo uso de razón. Siempre supo que su destino en la vida era progresar. Traducido a su lenguaje, eso significaba casarse con un occidental rico.

Me reconcomía la curiosidad. ¿De dónde había salido? ¿De qué familia procedía? ¿Un alto cuadro comunista? (la élite China actual). Traté de sonsacarla pero no saqué nada en limpio. Me respondió con ambigüedades. Deduje que sus orígenes y previa trayectoria carecían de *glamour,* de otro modo los hubiera aireado sin problema. Miré sus manos, grandes, potentes. Apuntaban a varias generaciones de trabajadores de la tierra. Le pregunté si venía de una familia campesina. Me miró con horror. ¡De ninguna manera!, ella y los suyos habían nacido en Beijing. Mentía como una bellaca.

Cambió rápidamente de tema. Volvió a lo que le importaba, sus amores con Robert Appleberry. O, mejor dicho, la sofisticada operación militar mediante la cual consiguió arrastrarle al altar, el Consulado Británico en este caso.

Lo que descubrió durante aquella temporada en que lo tuvo bajo el microscopio no le disgustó. Además de ser acaudalado y poderoso, Bob estaba adornado con otras cualidades. Pese a su edad, se conservaba en buenas condiciones y era de físico agradable. Otra cuestión fundamental: carecía de grandes vicios. Se trataba de un tipo más bien apacible, sexualmente domesticado. En suma, fiel a su esposa. Algo, según Darling Sho, muy tranquilizador. A ella le agradaban los hombres serios, me espetó con absoluta desfachatez; bajo ningún concepto habría estado dispuesta a soportar a un bala perdida. Casi me caigo al suelo de la risa.

En lo que se refiere a otros rasgos de su personalidad, Bob tenía una flaqueza que adorna a muchos hombres, solo que en su caso agudizada. La vanidad era su talón de Aquiles. Y ahí es donde Sophie apuntó —muy certeramente— sus flechas.

Tras el marcaje previo pasó al ataque sin más dilaciones. Comenzó por hacerse visible pero sin caer en excesos. Es decir, puso luz y color a su *look*, sin llegar a los extremos contractuales. Ya «vestida para matar» se limitó a mirarle de lejos, con ojos de cordera degollada, hasta que Bob percibió su existencia. Hizo este primer movimiento sutil en solitario —se apresuró a subrayar— pues temía cualquier posible interferencia de sus rivales; tuvo buen cuidado de que no se dieran cuenta de aquellos primeros cruces de miradas. Ahora bien, lo que sí entraba en sus cálculos era que los amigos de Bob notaran que una mujer muy deseable había echado el ojo a su colega. Acrecentó un poco su visibilidad —ropa más vistosa y apretada, elevación mediante tacones—, y se las agenció para que aquel rebaño de ejecutivos la contemplara con admiración. Algunos de ellos iniciaron tanteos, exactamente lo que buscaba. Y entonces se permitió repelerlos de modo tajante, en tanto seguía mirando a su presa con adoración. Pocos tipos son capaces de resistirse a una mujer enamorada, muy en especial si esta es una pieza apreciada y valorada por otros hombres.

Se mantuvo a la espera. La vanidad de él haría el resto.

No pasó mucho tiempo antes de que Bob la abordara. Ruborizarse no podía, me contó con total naturalidad, debido al color de su piel. Para compensar, se mostró dulce, tímida y enamorada. La miré con estupefacción, no conseguía imaginarla en este papel. Se lo hice saber. ¿Por qué no?, me respondió, cuestión de representar, ni siquiera hace falta que sea mucho. Los hombres son crédulos, tienen unas inmensas tragaderas. La opinión que le merecía el género opuesto era muy digna de notar, su discurso no carecía de articulación ni de perspicacia. Pero sigamos con su historia.

Permitió que él la invitara a cenar varias veces. Durante estos ágapes hablaba poco y aún comía menos, entretenida en escucharle y, sobre todo, mirarle de modo incesante y con profundo arrobo. Esto último, otra estrategia infalible, me aleccionó con gravedad pedagógica.

La etapa de precalentamiento –cortejo, lo definió ella– se alargó unas dos o tres semanas, suficientes para enloquecer a cualquier varón normal. Sólo entonces aceptó acostarse con él. Obvió la primera ofensa masculina, consistente en no llevarla a su casa sino a una habitación de hotel; por muy de lujo que fuera no dejaba de ser un picadero. Ya entre sábanas tuvo el buen acierto de mostrarse pasiva y dejarle la iniciativa. Aunque, eso sí, suspiró y gritó hasta la afonía mientras encadenaba un orgasmo falso tras otro. Y luego, en el poscoito, le confesó que sólo él, Bob Appleberry, había sabido encontrarle el punto G, además de otro surtido de regiones erógenas que cualquier otro hombre con una vanidad menos acentuada hubiera considerado improbables, si no imposibles. Pero no Bob, que de súbito se vio elevado a la categoría de Superman (tras su paso por la cabina telefónica).

El ejecutivo floreció. Jamás se había sentido tan potente, tan realizado y feliz. En esa temporada hizo negocios brillantes, fue amado por todos sus empleados y, en general, gozó de una popularidad inesperada. Nunca se le había visto una actitud tan emprendedora y optimista frente al mundo. El subidón de autoestima le hizo volar a alturas insospechadas incluso para un directivo de la aeronáutica más importante del mundo.

Darling Sho había ganado la primera batalla. Pero no la guerra. La triste realidad se imponía. Solo era la amante, y además clandestina. Bob jamás la llevaba a su casa, hogar que compartía con su esposa cuando esta le visitaba en China. También evitaba mostrarse en público con ella. Fin de los acontecimientos sociales, no hubo presentaciones de amigos. Su enamorado la mantenía en escondrijos y a buen resguardo.

Una vez más, Sophie jugó sus cartas con inteligencia. Otra mujer hubiera exigido derechos, llorado, organizado ciscos y escenas. Ella no. Calló. Y durante una temporada se comportó como si esta situación le acomodara tanto como le acomodaba a él. Sin embargo, medía los tiempos al milímetro. No podía permitir que Bob se acostumbrara a una situación tan cómoda. El romance clandestino por un lado; la esposa, el hogar y la familia por el otro. A estas alturas lo conocía bien. Él jamás daría el paso, rehuiría todo conflicto. La idea de que su mujer y, sobre todo, la hija —niña de sus ojos—, se enteraran de su historia de amor, le aterrorizaba. Bob era aún más cobarde que vanidoso, lo que ya era decir. Y Darling Sho no se engañaba al respecto. Aun a su pesar, reconocía lo limitado de sus poderes. Por mucho orgasmo encadenado, halago y zalamería, Bob no estaba dispuesto a hacer un estropicio con su vida familiar.

Fue entonces cuando tomó las riendas y apostó por una jugada violenta y definitiva. Genial, pero también de alto riesgo.

Mrs. Appleberry estaba por llegar a Beijing. Tras grandes vacilaciones, y no sin temor, Bob le había comunicado la noticia. Naturalmente, durante las semanas que durara la estancia de su esposa, tendrían que verse menos. Darling Sho le escuchó con calma chicha y se mostró más que comprensiva. Un gran alivio para el ejecutivo, que había esperado toda clase de estallidos coléricos y fuegos artificiales. Su Darling Sho, además de bella, era razonable. Se consideró un hombre muy afortunado.

Lo que no podía sospechar es que para entonces Darling Sho ya se había hecho con una copia de las llaves de su casa, lugar que él le había permitido visitar tan solo una vez y muy de pasada.

El ejecutivo siguió con su vida, ajeno al cataclismo que se avecinaba. Llegó el día previsto y fue a buscar a su esposa al aeropuerto. Los vuelos de Europa acostumbran a llegar siempre temprano por la mañana. De Beijing al aeropuerto hay que calcular al menos una hora, más luego media hora de espera para la recogida de equipajes, más otra hora de vuelta. Darling Sho tuvo tiempo de sobra, para preparar la *performance* que había maquinado.

Con la llave que tenía entró en la casa provista de un maletín. Colgó unos cuantos vestidos suyos en las perchas del armario del dormitorio matrimonial. No fueron muchos. Calculó que en su furia la esposa podía hacerlos añicos y no era cosa de quedarse sin ropero. Pero eligió los más coloridos, había que estar ciego para no verlos a la primera. Luego dispuso varios botes de cremas –carísimas– en los estantes del baño correspondientes a Mrs. Appleberry. Y no olvidó diseminar, aquí y allá, unas cuantas piezas de su bisutería más reluciente. ¿Maquiavélico?, desde luego, pero nada comparable con su siguiente paso. No fue otro que desnudarse y meterse en la cama matrimonial. Y allí, arrebujada entre sábanas limpias, aguardó la llegada de la pareja. Incluso –contó, con regocijo– le dio tiempo a echarse una cabezadita porque el avión de Londres llegó con retraso.

La táctica aún le salió mejor de lo que esperaba. Se dio la circunstancia de que aquel preciso día Bob tenía una reunión ineludible a media mañana, de tal modo que la limusina depositó a Mrs. Appleberry en casa. Y luego salió zumbando, con el ejecutivo dentro, hacia la oficina. Regresaría en cuanto terminara la reunión, notificó el marido a su esposa.

Trato de imaginar los minutos que siguieron. Me supongo que el chófer habría metido las maletas, dejándolas en el zaguán de la casa. Luego, Mrs. Appleberry debió hacer lo que casi todas las mujeres haríamos en este caso. Echar un vistazo a la cocina, abrir la nevera y ratificar lo mal que comía su marido en su ausencia, luego dar una vuelta por el salón. Y, finalmente, coger el neceser y dirigirse al dormitorio para tomar una ducha después de catorce horas de viaje. Todo esto con el malestar físico que produce el *jet lag*, más el cansancio del viaje. Mi corazón sangra por ella.

Prescindiendo de consideraciones emotivas. Yo sospecho que aquella ama de casa de Surrey hubiera tolerado con ecuanimidad una aventura, o incluso varias, de su marido. A buen seguro hasta contaba con ello, lejos y con discreción. Pero la visión de aquel cuerpazo juvenil, moreno y desnudo, en el sagrado santuario del lecho matrimonial, debió suponer una humillación excesiva incluso para una esposa apacible y sexualmente ausente como ella.

Cualquiera sabe lo que le pasó por la cabeza en aquellos momentos dramáticos. Lo que sí es seguro es que Darling Sho se mantuvo impasible. Y hasta tuvo la santa jeta de decirle que Bob le había comunicado mal la hora de su llegada. Que ella pensaba que no llegaría hasta más tarde, y, en fin, que se había dormido. Mala suerte. Salió de la cama y se irguió, desnuda y escultural, frente a la de Surrey. Una escena digna de tragedia griega. Luego se vistió con parsimonia y a continuación se largó llevándose las llaves de la casa.

Era una movida de tablero maestra, desde luego, y también lo fue dejar el rastro adúltero por los armarios. Mrs. Appleberry tardó un buen rato en poder contactar con su marido, que había desconectado el teléfono durante la reunión. Y entre tanto tuvo tiempo de sobra para encontrar los vestidos, los tarros de crema y la bisutería. Bicocas, si se quiere, comparadas con el cuerpo tangible de Sho, pero desde luego exasperaron aún más a la mujer.

A partir de ese momento, los acontecimientos se precipitaron sin remedio. Más adelante Bob recordaría aquellos días de su vida como una de esas pesadillas horribles fruto de una digestión pesada. Mrs. Appleberry abandonó sus maletas donde el chófer las había dejado. Salió disparada a la calle, con lo puesto y tan solo el neceser. Tomó un taxi, y se hizo llevar al único hotel del que sabía el nombre y la dirección en chino (esto último no es ninguna tontería, les aseguro). No era otro que el Kempinski. Desde allí telefoneó a su hija, a esas horas dormía plácidamente en su casa de Nothing Hill. Entre hipidos, sollozos y mucho sorber de moco, consiguió por fin hacerse entender. Miss Appleberry estaba muy unida a su madre y tenía un carácter temible. La noticia, que además la había sacado de la cama, la puso en un estado de furia indescriptible.

Tomó el primer avión con plaza libre, treinta horas después llegaba a Beijing. Encontró a su madre confusa e inarticulada. Aparentemente, Mrs. Appleberry había pasado aquellas interminables horas de espera ahogando sus penas en alcoholes variados en color y graduación pero no en precio. O eso le aseguraron los del hotel cuando le entregaron la factura. Era astronómica y no ayudó a aplacar a Miss Appleberry. Atribuyó los dos desastres —el desbaratamiento de su madre y la factura— a su progenitor. Irrumpió en casa de este último y tuvo una entrevista tempestuosa con él. A continuación se llevó a Mrs. Appleberry junto a sus nervios destrozados de vuelta a Inglaterra. Tres días más tarde llegaba la petición de divorcio.

Bob quedó anonadado. A ratos primaba el sentimiento de vergüenza, a ratos el abatimiento por la desgracia que vivía. Pasaron bastantes semanas antes de que empezara a levantar cabeza. Pero al final —siguió explicando Sho— se impuso la sensatez. Los hechos eran los que eran, ya no había vuelta atrás. Había perdido a su esposa y a su hija, ¿para qué perderla también a ella? El hombre se sentía solo, estaba colado hasta las cachas. Hubo un primer encuentro. Sho se mostró arrepentida y sumisa. Todo lo había hecho por amor. No podía vivir sin él, la verdad desnuda. Lo lamentaba, quería verle de nuevo feliz.

Estaría muy contrita, pero regresó a la vida social. Por si acaso, especificó, y por provocar a Bob, que no dejaría de enterarse. Fue un regreso triunfal. Los hombres se lanzaban sobre ella como moscas sobre la miel. El ejecutivo aeronáutico se debatía. Sho le parecía más hermosa que nunca, sus amigos se la disputaban. Y luego estaba el asunto de los orgasmos encadenados y aquella impagable sensación de poder y euforia que ella le provocaba. La vanidad tira tanto o más que el sexo. Estuvo compungido un rato, luego se acomodó a la nueva situación. Sho volvió a ser Darling Sho. Trasladó sus trastos a casa de él y esperó a que llegara el divorcio. Una vez más se comportó con astucia, no hizo preguntas ni le presionó en ningún sentido (aunque, como se verá más tarde, lo de omitir las preguntas fue un craso error).

Una vez supo que la sentencia de divorcio era un hecho, atacó de nuevo. Alegó que su familia estaba escandalizada ante la situación inmoral en la que vivía su –única– hija. Sus padres eran mayores, sufrían, el tema les amargaba la vejez. Bob estaba obligado, moralmente obligado, a legalizar y oficializar su estatus. Y cuanto antes, mejor, porque la posición de ella en la colonia de *expats* era muy desagradable. Aun sin haber trascendido los detalles de la ruptura matrimonial de míster Appleberry, el escándalo había sido mayúsculo. La trataban como a una paria. Así no podían seguir.

Poco más tarde, Darling Sho se convertía en la nueva Mrs. Appleberry. Y colorín colorado, este cuento se ha acabado.

No, no. Me apresuré a protestar. La cosa no podía quedar así. Yo tenía toda una batería de preguntas. Pero las confidencias de Darling Sho terminaron de forma abrupta. Levantó la muñeca, echó un vistazo a los números diamantinos de su ROLEX y recordó que tenía otro compromiso en la Embajada Norteamericana. Cogió el oso panda y el tren de juguete y salió disparada. El camarero se acercó a la mesa. Por unos momentos tuve un ataque de pánico. Pero no, la cuenta estaba pagada, el chico sólo venía a recoger los restos de aquellos cócteles espantosos. Un alivio.

Pasaron los meses, estuve fuera y perdí de vista a los Appleberry. A la vuelta no coincidí en ningún lugar con ellos, los olvidé por completo. Pero una noche me topé con la rubia italiana. De nuevo estábamos en una cena con amigos y una vez más volvió a calificar de pajarracas a las chinas. Para ilustrar el juicio esta vez habló de Darling Sho. Agudicé el oído, esto es lo que supe.

La maniobra de Sophie para cazar a míster Appleberry había sido un éxito, al menos en primera instancia. Pero con el tiempo se demostró que tenía algunos puntos débiles. Darling Sho era incapaz de meterse en piel ajena, no contó con que la parte contraria también iba a jugar sus cartas.

El mismo día de la hecatombe Bob recibió un mensaje de la

esposa aún en funciones. Decía lo siguiente, y aquí me tomo la libertad de adaptar sus palabras a la versión española que me parece más ajustada: «Encontré a una mujer en pelotas en nuestra cama. Prepárate, ahora yo te voy a dejar en pelotas a ti». Una amenaza de desplume ratificada —en vivo, directo, y a grito pelado— por Miss Appleberry cuando dos días después irrumpió, como una tromba, en casa de su padre. Pocas bromas. La muchacha era una reputada abogada de la *city*. Hecho crucial que Sho había pasado por alto, porque cuando Bob hablaba de su adorada hija ella desconectaba, como si oyera llover.

A partir de ahí al ejecutivo las cosas se le pusieron enormemente complicadas. Idas y venidas constantes a UK. Demandas judiciales, indemnizaciones, acusaciones y reproches. Bob se sentía tan culpable que se vio incapaz de plantar cara a la alianza formada por las dos primeras mujeres de su vida, madre e hija. Las partes ni siquiera llegaron a juicio. Sin apenas resistencia firmó un acuerdo en el que llevó la peor parte. Cedió todas sus propiedades más el grueso de su fortuna a su ex y a su hija. Si esperaba que con el gesto le perdonaran andaba muy equivocado. De su ex no supo más, y pasó mucho tiempo antes de que su hija volviera a dirigirle la palabra. Al fin lo hizo, de mala gana y, especificó con gran claridad, solo por los niños.

Darling Sho ignoraba cómo estaban los asuntos económicos de Bob. Le tenía por un hombre acaudalado, y punto. El Lamborghini y sus brillos dorados la cegaron por completo. La posibilidad de que la familia le esquilmara no se le ocurrió. O quizá le creía tan poderoso que no concibió semejante despojamiento. Supongo que, en el fondo, aún conservaba un resto de candidez campesina. Y ahí es donde erró al no hacer preguntas. Bob, por su parte, se guardó muy mucho de mantenerla informada, seguramente por temor a desatar un nuevo conflicto, quizá también por miedo a perderla. Volvía a depender de ella, de nuevo era Superman. Así que se casaron y durante un tiempo fueron felices. A su manera, pero felices. Fue en esa época, satisfactoria y armoniosa, cuando yo los conocí.

Pero el tema económico era una bomba de efecto retardado que algún día tenía que estallar.

Llegó el verano con sus vacaciones. Bob propuso que las pasaran en uno de esos resorts lujosos de Tailandia o Indonesia, pero Darling Sho se cuadró. Ahora estaban casados. Quería viajar a Inglaterra e instalarse en la mansión campestre de su marido. En su momento, cuando aún eran solo amantes, Bob había alardeado de la belleza y solera del lugar, y le había mostrado fotos. Craso error. Aquel invierno Darling Sho había visto *Pride and Prejudice,* suspiraba por conocer la campiña inglesa y aquellas casas tan románticas. Quizá incluso creyó que iba a encontrar algún míster Darcy suelto por ahí.

A Bob no le quedó más remedio que contarle la verdad. La mansión de la campiña ya no le pertenecía. Tampoco el piso de Londres. Ni los ahorros del Barclays.

Fue una catástrofe, una pérdida traumática. Darling Sho se lo tomó como una afrenta personal, un golpe bajo (lo era, desde su punto de vista). Se sintió engañada, estafada (lo fue). Cargó el agravio en la cuenta de Bob y se dispuso a amargarle la vida con la misma perseverancia e inteligencia con que había decidido conquistarle y hacerle feliz. Adiós a los orgasmos encadenados, cierre total de piernas. Fin de sonrisas, cariños, zalamerías y buen rollo. En vano él argumentaba que tenía un sueldo extraordinario y que con eso deberían darse los dos por satisfechos. Contando, además, con que todo lo de él era de ella. Ni falta hacía que se lo dijeran, Darling Sho ya le había tomado la palabra. Subió el listón de sus necesidades y exigencias. En los últimos meses había desarrollado gustos de millonaria. Dado que no iba a heredar nada de Inglaterra, lo mejor que podía hacer era vivir al día y liquidarse el sueldo de Bob cada mes. Él le pidió sacrificios, alegó la solidaridad de la pareja. Aunque ella no estaba para muchas bromas, se le rio en la cara. Y a continuación le exprimió como a un limón.

Luego a Bob le cayó una desgracia añadida. El estrés y los nervios le jugaron una mala pasada. El trabajo se resintió. Tenía ya sus años, los grandes jefes sugirieron una jubilación anticipada. Pasó a ser el vicepresidente de la empresa, consejero honorario, un título muy prometedor pero de menos rendimiento económico. En comparación con cualquier otro mortal, seguía teniendo un sueldo obscenamente alto, pero entre Darling Sho y la pensión a su ex, apenas le alcanzaba para sus necesidades personales. Redujo su nivel de vida de modo drástico. Dejó de jugar al golf, alquiló una casa menos lujosa. A Darling Sho lo del golf le traía al fresco, no así lo de la casa. No se lo perdonó.

En definitiva, a Bob le había quedado lo justo para sobrevivir y encima estaba instalado en un infierno doméstico de primera magnitud. Darling Sho le maltrataba, algunos decían que incluso le pegaba (tonterías). Estaba entrampado. No osaba pedir el divorcio. De hacerlo, se arriesgaba a perder lo poco que tenía: su retiro y el escaso dinero de bolsillo que lograba sustraer tras sufragar los gastos de su mujer.

Desapareció por completo del mapa social, ya no se le veía en ninguna parte.

A decir de algunos conocidos, ahora solo le cabe esperar que Darling Sho pille un partido mejor. Que sea ella quien pida el divorcio. Aseguran que la anima a salir, a codearse con lo mejor —las invitaciones siguen llegando, un cargo honorífico es un cargo honorífico— mientras él procura mantenerse en la sombra. Al contrario que antes, ya no la acompaña a los acontecimientos sociales. Aunque dicen que la lleva y la trae como si fuera un chófer o un empleado. Pero en taxi, porque el Lamborghini también pasó a ser historia.

Y esa era la situación contractual, que la italiana explicó con más regodeo que compasión. Luego repitió lo de las pájaras, y cargó la responsabilidad del desastre en Darling Sho.

Esta vez intervine. Aun a riesgo de agenciarme la enemistad de las esposas occidentales que asistían a aquella cena, no me quedaba más remedio que romper una lanza en favor de las mujeres chinas que se dedican a estos safaris. ¿Qué otras alternativas tienen? Viven sometidas, si no se han casado a los veintitrés años son tratadas como desechos, mujeres marcadas. Los maridos chinos mandan sobre ellas, y también están bajo la tutela de sus familias políticas. Trabajan, claro que sí. Y mucho. Pero los sueldos que perciben son miserables, a menos que hayan nacido y se muevan en círculos influyentes. En esta tesitura, se comprende que opten por trucos y manipulaciones para sobrevivir y medrar. El caso de Darling Sho era, en cierto modo, paradigmático. Lo que ella hizo: estudiar inglés, prepararse para conquistar a un occidental y así subir de escalafón social, podría considerarse, si prescindimos de los dramas humanos, como una carrera cualquiera. Ella fue coherente. Si alguien dio un traspiés en esta historia, más bien fue él. Su vanidad le perdió.

La última vez que vi a Darling Sho fue en la pasada fiesta de la Hispanidad de la Embajada Española. En Octubre aún no hace frío y el evento se celebra en el jardín de la embajada. No siempre una acierta a tener un panorama claro de lo que se come o bebe, pues suele haber un *smog* que lo cubre todo con un velo grisáceo y sucio. Aquel día, sin embargo, había soplado viento de Mongolia y la atmósfera estaba, por una vez, clara.

A lo lejos podía ver las mesas con jamón y tortillas de patatas. En un tarima, un grupo tocaba la guitarra flamenca. El embajador iba de grupo en grupo saludando al personal, diplomático y civil.

Y allí estaba ella. En medio del jardín, resplandeciente y sin Bob, su marido. Era el centro de un círculo de militares, morenos y mostachudos, a todas luces latinoamericanos, que ostentaban solapas y gorras refulgentes de medallas, galones y otros atributos de los que desconozco el significado. La miraban embobados. De abajo hacia arriba, ninguno de ellos le llegaba más allá de la pechuga.

Darling Sho patrullaba de nuevo, estaba claro como la luz del día. Y entonces se me ocurrió que esta vez buscaba en un coto de caza inadecuado. Aun siendo tan calculadora como era, y aun después de la experiencia fracasada con Bob, seguía conservando su punto de inocencia rural. Porque lo cierto es que ninguno de aquellos caballeros con los que coqueteaba tenía un duro.

Por allí, en cambio, corría un tipo ataviado con absoluta discreción, catalán representante de «La Caixa», nada menos que hijo del mismísimo dueño del emporio bancario. Estuve en un tris de presentárselo, por pura solidaridad femenina. No sé qué es lo que me contuvo.

CUL DE SAC

A Marta, mejor no vengas

A los hombres occidentales les gustan las mujeres chinas (quintaesencia de la feminidad)

A las mujeres occidentales no les gustan los hombres chinos (antítesis de la virilidad)

A los hombres chinos no les gustan las mujeres occidentales (antítesis de la feminidad)

A las mujeres chinas les gustan los hombres occidentales (quintaesencia de la virilidad)

La conclusión, para el avispado lector.

LA HABITACIÓN DE JADE VERDE

Για την Έλενα,
το ελληνικό μου νησί στη θάλασσα του Πεκίνου

Belleza o magnificencia. A menudo ambas cosas a la vez. Son los atributos usuales de las capitales imperiales. Adornan sus esplendores pasados –ahí están Roma, Budapest, Moscú...– y, si la economía y los avatares históricos les son favorables, también los presentes. Es el caso de Londres, París, Nueva York.

Beijing es capital de Imperio –y nada menos que Celestial– pero no forma parte de esta liga. Se ponga como se ponga el *partido*, no hay modo de calificarla como bella, o magnífica. Ni siquiera por decreto gubernamental.

La Revolución se encargó, y a conciencia, de liquidar casi todo su pasado, esplendoroso o no. Y los añadidos de las últimas décadas, aun pretendiendo ser apabullantes (lo consiguen), carecen de grandeza. Su vuelo resulta ramplón, de corto alcance.

Tomemos la Plaza de Tiannamen, por ejemplo, ese símbolo de la China del siglo xx. Es formidable sin discusión. Monumental en volumen, obra magna en su concepto, imponente como objetivo. Pero se puede admirar hasta la saciedad sin sentir otra cosa que un inmenso aburrimiento. Un tedio proporcional al tamaño del rectángulo. En suma, es una plaza grande sin grandeza.

Este juicio es extrapolable a casi toda la ciudad. Y a casi todas las ciudades chinas.

El problema reside en la desmesura, creo. Al fin y al cabo, la grandiosidad no es infinita, ni inabarcable. Necesita medirse en relación a algo. Quizá se podría cuantificar en función de su épica. Pero sucede que también la épica tiene sus límites, constreñidos a una dimensión humana, comprensible. Lo colosal no es épico, tan solo es colosal. El relato se pierde en la hipérbole. Al igual que se pierde la belleza.

Cuando las dimensiones de los espacios, públicos y privados, rebasan ciertos valores, estos pasan a ser lugares «hinchados», tumores de crecimiento maligno. Con un efecto perverso sobre el individuo, que queda por completo aplastado, convertido en hormiga sin relevancia.

La antigua tradición arquitectónica de China era sofisticada, poética, sutil. Su concepto de la belleza se basaba en la armonía y en el equilibrio. Pero en algún momento de su historia moderna el país extravió el discurso estético que le era propio. Abdicó de él en favor de una pretendida funcionalidad.

Quizá el punto de inflexión a partir del cual comenzó el desastre fue el día en que se llevó a cabo el primer salto de rana (o de cíclope, en este caso). Esa cabriola que supuso el paso de una escala doméstica y manejable, a otra magnificada hasta la exasperación. En lugar de crear proyectos frescos, o de adaptar los existentes a las nuevas necesidades, lo que se hizo fue multiplicar prototipos de modo mecánico. Multiplicarlos en número y ampliarlos en tamaño. Como si el artífice de turno hubiera diseñado un boceto cualquiera —bloques de pisos, estaciones de tren, centros comerciales— sobre el vacío. Y luego el boceto se hubiera ido repitiendo *ad nauseam*, de modo literal. Sin reinterpretación. Y, para colmo en diversas tallas, más o menos mastodónticas.

Hágame un edificio para cien. Aquí tiene. ¿Lo quiere para mil?, el mismo en versión mediana. ¿Para diez mil? Ningún problema, se lo entrego igualito y en más grande. ¿Para cien mil? Idéntico, ahora en gigantesco. La reiteración creativa en sí ya es dañina, pero hay algo aún peor. Y es que estas atolondradas extensiones obvian que el edificio no es plano sino tridimensional. Lo que significa que cualquier cambio de tamaño exigiría también un ajuste de la relación entre las proporciones. Dicho de modo llano. Si ampliamos una hoja DINA4 preservando la correlación entre sus dos dimensiones —largo y ancho—, el papel crecerá en formato pero la proporción seguirá siendo la adecuada. Si agrandamos un dormitorio haciendo lo mismo —simplemente multiplicando los valores del largo, ancho y alto por el mismo número—, podríamos acabar durmiendo en una habitación con un techo de quince metros de altura. No parece sensato ni razonable. Y no lo es. Salvo en China, claro.

El pasaje de la escala doméstica a la escala masiva ha tenido resultados calamitosos para este país. La literalidad asesina el aliento creativo. Sumada a la desmesura, genera aberraciones. Las ciudades chinas son prueba fehaciente de ello. Monstruosamente feas, faltas de gracia y armonía. Ahuyentan al más valiente. En ellas uno tiene siempre la impresión de hallarse caminando entre prototipos y simulaciones, en lugar de edificios, plazas o avenidas reales. No se trata de un delirio fruto de excesos imaginativos, sino de una percepción ajustada a verdad. La abrumadora mayoría de estos proyectos urbanísticos son meras maquetas de cartón ensambladas sobre la mesa de un despacho. Y luego ampliadas y multiplicadas en función de la cantidad de usuarios esperable, deseable, o necesaria.

Oigo ya algunos gritos de protesta. Argumentan que en la capital del Norte hay joyas arquitectónicas construidas por grandes creadores contemporáneos. Es cierto, no todo es el *mainstream* descrito en el párrafo anterior. Nombres como Zaha Hadid, Steven Holl o Rem Koolhas forman parte de la convención habitual, son el escaparate de la modernidad. Pero en el caso de Beijing estas intervenciones aisladas han hecho poco por mejorar el paisaje urbano. Los edificios, por geniales que sean, pierden su encanto y razón de ser fuera de contexto, sin un entorno que los arrope. Las joyas arquitectónicas de Beijing están sueltas. Una aquí, la otra allí. Son perlas abandonadas a una suerte huérfana. Tal parece que hayan caído del cielo, como lluvia de meteoritos casuales.

Sin embargo, este panorama desalentador tiene algunas contrapartidas. Pequeñas recompensas nacidas del contraste, de la paradoja.

No hay felicidad mayor que el cese del dolor. No hay bondad más enternecedora que la que brota en medio de la abyección. Y no hay belleza más deslumbrante que la que sobrevive y medra entre la fealdad.

Imágenes que en lugares más agraciados del mundo pasarían desapercibidas, en esta ciudad adquieren una relevancia poética intensísima. Son lapsos de éxtasis que nacen de la sequía y la privación. En suma, del defecto. No por ello arrebatan menos. Al contrario, tienen el fulgor de esas pequeñas flores brillantes que nacen en la aridez del desierto.

Conocí a Wang Jing poco después de aterrizar en China. Fue en un bazar de beneficencia, eso que gusta tanto a los expatriados anglosajones. Una chica joven, alta y espigada, con ojos risueños y amables amplificados por unas gafas de cristal grueso. Estaba de pie, tras un mostrador lleno de tesoros en miniatura. Cajitas, pendientes, pulseras, anillos, colgantes, puntos de libro. Todas las piezas habían sido elaboradas con pedazos rotos de porcelana antigua y ensamblajes de plata y estaño. Una preciosidad, y un peligro para mí exigua tesorería.

Me contó que procedía de una familia de artesanos joyeros. Sus padres lo eran, su marido también. Trabajaban todos en el Museo Nacional. Debido a alguna clase de componenda —mejor no indagar demasiado— el Museo les daba restos de porcelana antigua que luego ellos reciclaban en aquellas maravillas expuestas. Le dije que su trabajo era admirable, una tentación tremenda. De inmediato me invitó a visitarla en su casa. Allí, explicó con una sonrisa de oreja a oreja, podría hacerme descuento, precio «de amiga».

Aquella misma noche envió un *mail* con un plano. Vivía en un lugar llamado *hutong* Dashilar. ¿Quería yo ir a visitarla un par de días después? Ciertas cosas ni se preguntan.

Todo fue como una seda en tanto me mantuve en la arteria principal. Pero al doblar una esquina para entrar en un callejón estrecho, las cosas empezaron a complicarse. Y de qué manera. El plano de Wang Jing, de claridad diáfana en casa, se convirtió en un dibujo inextricable.

Tras intentar con varios rumbos para desembocar siempre frente a la misma jardinera llena de flores y zarcillos de alubias verdes, tiré la toalla. Según mi brújula interna había probado con todos los puntos cardinales. Aquello era sencillamente imposible. Mejor regresar a casa, organizar la cita de otra manera y para otro día.

Bastaba con volver a la avenida principal. Bien, sí. ¿Dónde estaba? El ruido del tráfico llegaba, amortiguado. Pero, ¿en qué dirección? No fui capaz de dilucidarlo.

Había extraviado el camino por completo. Y no solo el camino. También había extraviado la ciudad. Aquello no era Beijing, de ninguna manera.

Deambulaba sin rumbo por una aldea desconocida. Las callecitas no tenían más de dos metros de ancho. Las chozas, algunas con tejados de tejas, otras con techo de chapa, apenas me sobrepasaban la cabeza. Por entre las puertas abiertas se entreveían patios llenos de trastos, zapatos, bicicletas. El humo de las cocinas se colaba por los intersticios de los tejados, por las pequeñas ventanas entornadas.

En la puerta de una de las casas, un caballero de media edad, vestido con camiseta de tirantes y una toalla tirada sobre los hombros, secaba el tinte —negro— de su pelo al sol. Una jaula de bambú con un petirrojo colgaba de un alero, suspendida sobre los brillos de su renovada pelambrera. Me agaché para sortear una calabacita que colgaba en medio de la calle. Las grandes hojas de la trepadora habían formado una arco triunfal que la cruzaba de un lado a otro.

De vez en cuando pasaba algún ciclista zigzagueando sin prisa. Un par de ancianos jugaban al dominó, vestidos ambos con sendos pijamas. Abuelas y nietos tomaban el fresco en el exterior de sus viviendas. Del interior llegaban ruidos familiares. Parloteos, cacharros de cocina. Lo demás era un silencio extraño, sorpresivo. La gran metrópoli, solo un rumor lejano, había quedado confinada a una dimensión inespecífica, sin trascendencia.

Había baños públicos en casi todas las esquinas. Me asomé, con cautela, en uno para mujeres. Se trataba de una habitación mediana con cinco agujeros en el suelo, separados por unas barreras metálicas de tan sólo unos setenta centímetros de alto. Aquí no se necesita más altura para mantener el decoro y cierta discreción. Las mujeres chinas, por ancianas que sean, saben permanecer agachadas, con las nalgas rozando el suelo. Y jamás se caen.

El cuarto estaba lleno de charla y risas. Desde la puerta de entrada se divisaban tres manos en sucesión (apuntaban tras las barreras metálicas). Gesticulaban con sendos trozos de papel higiénico entre los dedos. Una tertulia de barrio, ni más ni menos.

Las mujeres respondieron a mi tímido saludo sin rubores o vergüenza. Una de ellas señaló la pared, allí tenía un gancho para colgar el bolso. Después vino la parte hilarante, por supuesto. Los chinos siempre disfrutan a costa de nuestra torpeza corporal. Y más de un occidental habrá quedado atrapado alguna vez en estos inodoros, con el culo encajado en el agujero.

Dificultades mecánicas al margen, los baños públicos del *hutong* no resultan desagradables. Y si se acepta que la promiscuidad no es, necesariamente, el fin del mundo, incluso existe un punto reconfortante en hacer las necesidades junto con otros iguales. Creo recordar que los romanos también se reunían para el mismo menester. Aquel baño en concreto, además, estaba razonablemente limpio, o razonablemente sucio, según como se mire. Me lavé las manos y dije adiós a las animadas comadres.

En la siguiente esquina encontré un grupo de vecinos acuclillado alrededor de una olla común. Comían, hablaban por los codos. Imperaba el buen humor. Tenté la suerte y les alargué mi plano. Le echaron un vistazo veloz para desestimarlo entre carcajadas. Inútil seguir por semejante senda. Y en esas callejuelas no cabían taxis ni otros medios de transporte. No quedaba otra opción que la del teléfono. Alguien tendría que acudir al rescate.

Llamé a Wang Jing. Cara a cara nos habíamos comunicado bastante bien. Pero sin pantomima de por medio, la tarea era infructuosa. De todos modos, tampoco hubiera sabido decirle dónde me encontraba. Pasé el teléfono a uno de los comensales. El gesto convocó otra risa general. Tras largas parrafadas, los vecinos me devolvieron el aparato. Apuntaron a un taburete bajo y me ofrecieron compartir su comida. O pretendían adoptarme, o habían acordado que Wang Jing me repescaría allí. La comida picaba como un dragón en pleno ataque de furia. Lágrimas y toses y apuros fueron más motivo de juerga. Y es que los occidentales somos una fuente inagotable de diversión.

Cinco minutos más tarde apareció mi amiga trotando por una esquina.

Poco después estábamos instaladas en una habitación, chiquita y aireada, con los muros pintados de color verde jade. Apenas había mobiliario. Una mesa, un par de sillas, suelo de cemento pulido y limpio. Era un cuarto sin nada especial, pero tenía el encanto refrescante de un acuario.

El verano pekinés es pegajoso, duro de sobrellevar. Tras un par de meses de encerrona en el décimoquinto piso de un rascacielos inhóspito y herméticamente cerrado, aquella habitación penumbrosa, a pie de tierra, sabía a gloria bendita.

Los tesoros de Wang Jing y su familia estaban desplegados

encima de la mesa, al lado de la tetera y las tacitas de porcelana. Tomamos un té tras otro mientras examinábamos las piezas una por una. La ventana estaba abierta, a no más de un metro del suelo. De vez en cuando aparecía algún vecino por la apertura. O dos o tres. Se apoyaban en el dintel. Ahí se quedaban, sonrientes, observando nuestros afanes.

Después llegó la madre de mi amiga. Traía un plato de galletas. Y un carrito de bambú con el nieto. Abandonamos el estudio de las joyas para concentrarnos en el del niño. Lo paseaban disfrazado de Spiderman. Pese a lo inadecuado del disfraz, era un muñeco adorable, como todos los críos de por aquí. Un héroe —de cómic— minúsculo que me escrutaba con absoluta solemnidad. Le hice toda clase de monadas, pedorretas, cosquillas en la barriga. Nada, no conseguí arrancarle un gorjeo de alegría. Para compensar, abuela y madre estaban embelesadas con las atenciones que la extranjera dispensaba a su único retoño.

Conversamos largo rato sobre hijos y nietos y crianzas. Lo de conversar es un decir, ni yo hablaba chino ni ellas hablaban inglés. Pero aquí no es difícil crear complicidades femeninas primarias. Muy en especial si se ha pasado por el trámite de la maternidad. En China es un estado trascendental, glorificado (seguramente debido a la política del único hijo). Y en cualquier encuentro con desconocidas —en la camilla de la masajista, en el mercado o en el parque—, la pregunta surge de modo invariable ¿Cuántos hijos tienes? Una vez establecido que una pertenece al exclusivo y privilegiado club de las madres, basta con enseñar fotografías de los hijos o de los nietos para despertar simpatía y toda clase de gestos amistosos. El lazo eterno de la biología nos hermana.

Miré el reloj. Llevaba tres horas en la habitación de jade verde. Tres horas de una tranquilidad inaudita. Había descubierto la paz del *hutong*.

* * *

En su día, Beijing estuvo llena de *hutongs*. La Revolución y su reforma industrial, la especulación del suelo y, en suma, la modernidad, han ido dando cuenta de casi todos ellos. Hoy, quedan apenas un puñado. Organismos residuales aislados en las zonas céntricas de la ciudad. Son los supervivientes agónicos de la antigua vida pekinesa, burbujas de vida tradicional en un mar bravío y revuelto, trepidante de progreso, de actividad y ruido.

No está muy claro qué les depara el futuro. Algunos ya han sido declarados barrios protegidos oficialmente. Y han dado comienzo las consabidas restauraciones millonarias, lo que significa que el tejido social va a cambiar. Cabe sospechar que el *hutong* sufrirá el mismo destino que la mayoría de cascos antiguos de todas las capitales del mundo occidental. Restauración, preservación, sí. Pero no para sus habitantes tradicionales, sino para beneficio de turistas o gente muy acaudalada.

La palabra *hutong* significa, literalmente, callejón. En rigor, el barrio sería más bien la suma de muchos *hutongs*, o callejones. Pero a efectos coloquiales, cada uno de estos barrios antiguos conforma un solo *hutong*.

El barrio en sí consiste en un laberinto de callejuelas estrechas, flanqueadas por casas bajas de una sola planta. Viviendas que se amontonan de modo caótico en torno a un patio comunal de inicio. Y que han ido creciendo, de forma orgánica, a lo largo de los siglos y en función de las necesidades de las familias. Habitaciones añadidas, pasillos estrechos que conducen a un lado o a otro, trasteros indefinidos, cocinas espontáneas, espacios con techo de chapa. El conjunto resulta desordenado, de difícil inteligibilidad.

El *hutong* es pekinés por antonomasia. Y lo primero que llama la atención es su color. Gris en su totalidad. Un gris bonito, elegante, mezcla de gris perla y gris polvo de piedra. El monocromatismo se debe a que tanto los ladrillos como las tejas utilizados para su construcción están hechos con tierra de la región. Es la misma tierra que da origen al reputado polvo de Beijing. Ese que arropa y reboza la ciudad en días de viento.

Según esquemas occidentales, el *hutong*, en su expresión genuina (sin restaurar), sería chabolismo puro (un *slum*). Pero quienes han tenido la oportunidad de vivir en él coinciden en señalar que, pese a su precariedad, o quizá debido a ella, resulta un ecosistema acogedor. Un lugar donde el ser humano aún es «la medida de todas las cosas».

Beijing puede ser una metrópolis muy dura. Hay días en que se impone sobre la pequeña vida de sus habitantes. Engulle, destruye el alma. Y genera pánico. Afuera todo es polvo y oscuridad. Casi aterroriza salir de casa. Es entonces cuando el *hutong* adquiere su pleno sentido. Es bálsamo y refugio. Es el faro que guía los pasos del navegante desesperado, perdido en las tinieblas.

Seguí visitando a Wang Jing y a su madre. Y establecimos una suerte de relación, si no de amistad, sí de cordialidad cariñosa.

Pasábamos el rato sentadas en aquella encantadora habitación color jade. Bebiendo té y comiendo galletas, y departiendo sin prisas sobre hijos y nietos.

Spiderman dio sus primeros pasos, luego correteó. Pasó de bebé a niño. Un ascenso que fue recompensado con un nuevo disfraz, esta vez de Superman.

Un buen día, la revista *Vogue China* hizo un reportaje sobre la familia. Con fotografías de su trabajo y muchos elogios. Poco a poco, las piezas que vende Wang Jing se han dado a conocer. En círculos pequeños pero exquisitos. Han aumentado las ventas, y eso le ha permitido abrir una tiendecita en una calle comercial.

Sigo visitándola, ahora en la nueva tienda. Pero no es lo mismo.

Añoro el *hutong*, y la habitación de la familia. No es algo que Wang Jing y su madre comprenderían. Están orgullosas de sus logros y progresos. De la nueva tienda, de su emplazamiento y las novedades del mobiliario. Unas vitrinas de verdad, un escaparate para mostrar la mercancía. Pasan más tiempo en este cubículo que en su casa del *hutong*. Se comprende.

Quisiera contarles que a veces sueño con aquel cuartito verde jade. Y en mis sueños es siempre un abrigo cálido al que llegar, un islote de amabilidad en un mar espinoso.

Pero sé que no me entenderían. No ahora. Aún no. Quizá más adelante.

EL CABALLITO MONGOL
(ANTIGÜEDADES DE TEMPORADA)

Para Blanca y Pedro, con toneladas de antigüedades

Ni con la mejor voluntad del mundo se podría decir de Wolfgang que es un tipo entretenido. De joven ya tendía a la densidad discursiva, con los años se ha convertido en un pelmazo severo. Sabe de todo, tiene razón en todo, da lecciones sobre todo. Ha viajado por el mundo entero, nada escapa a sus ojos sagaces. Es solemne, inquisitivo. Lanza temas de conversación para luego aferrarse a ellos como las fieras a su presa. Considera imperativo desarrollarlos, exprimirlos hasta sus últimas conclusiones. Jamás ha comprendido ese mariposear ágil –de un tema a otro, con chistes intercalados–, tan propio de las tertulias entre latinos. Es más, sospecho que tiene una idea bastante regular de las razas sureñas, a las que considera frívolas y superficiales, si no algo peor (definitivamente inferiores).

Llamó desde el hotel, acababa de aterrizar en Beijing. Por supuesto tenía la agenda de trabajo colapsada, pero los amigos son los amigos. No se iría sin vernos. Se las había arreglado para hacernos un hueco el sábado. Había visitado Beijing varias veces. Conocía la ciudad a fondo, le encantaría pasearnos por ella, mostrarnos algunos lugares interesantes. Estaba preparando una lista etcétera...

En casos así, solo cabe una defensa posible. Frenar de inmediato cualquier avance, por milimétrico que sea, del cargante de turno. Y a continuación agredirle sin compasión.

Le atajé. Nosotros llevábamos cuatro años viviendo en Beijing. Quizá, solo quizá, ya conociéramos los lugares de su lista. Y a lo mejor, solo a lo mejor, podríamos añadirle alguno más. Al otro lado del teléfono se hizo un silencio. W asume siempre las palabras al pie de la letra, así que la ironía tardó un rato en traspasar sus neuronas. Repetí lo dicho con lentitud y buena articulación. Tras unos segundos de desconcierto, captó la idea. Bien, seguí yo. En ese caso, iríamos al mercado de Panjiayuan. ¿Lo conocía él? No. Qué raro. Porque él conocía este, el otro, aquel y el de más allá... Pero no, admitió a regañadientes, el de Panjiayuan.

El Panjiayuan no es un zoco secreto o recóndito frecuentado solo por unos cuantos iniciados. Más bien todo lo contrario. Se trata de todo un clásico pekinés que se anuncia como la lonja más importante de antigüedades de la ciudad.

Las instalaciones se encuentran en vasto espacio —unos cuarenta y cinco mil metros cuadrados— cerrado entre muros de piedra. Con puestos de venta distribuidos por varias zonas al aire libre, más una serie de naves enormes con cubiertas de chapa sostenidas por vigas de hierro. Y dos o tres edificios convencionales que albergan tiendas fijas y los productos más delicados: joyas, pintura, muebles. La gran mayoría de vendedores, sin embargo, coloca su mercancía directamente en el suelo, o sobre pequeños mostradores muy sencillos.

En el Panjiayuan hay centenares de puestos, decenas de miles de objetos, mercancía de toda clase. Es una suerte de enajenación, un *maremagnum* difícil de retratar. Dudo que exista un lugar más desaforado, desmedido y descacharrante que este.

La lonja vende porcelana como para proveer a toda la burguesía de cualquier ciudad europea. Un abanico de alternativas inacabable. Jarrones gigantes y minúsculos, platos, tazas, teteras, macetas, figuras decorativas, animales, monjes y mandarines. La acumulación de loza es tal que el bosque impide ver los árboles. Y lo único que uno alcanza a divisar son aturdidoras hileras e hileras de cacharros amontonados, ahogados, sin aire para respirar. Casi parejo, en cuanto a importancia, es el asunto de los pedruscos. Mismo volumen de mercancía, aunque el producto sea menos convencional. Por alguna razón no demasiado clara, los chinos sienten una pasión casi supersticiosa por las piedras, a las que veneran como fuente sustancial de energía. No me refiero a piedras preciosas o minerales específicos, aunque también formen parte de sus aficiones. No. Hablo de rocas y piedras vulgares, con infinitud de formas, colores, tamaños y composiciones. En el Panjiayuan las hay a millares. Puesto tras puesto. Desde monstruosidades con volúmenes extraordinarios que valen millones hasta diminutas piezas que caben en el puño. Los vendedores suelen aceitarlas para que brillen y muestren todo su esplendor. O bien las meten dentro de cuencos de agua para avivarles el color.

Siguiendo con las extravagancias nativas, a continuación vendrían las nueces chinas. Si, nueces. Con sus cáscaras (no son tan lisas como las nuestras; tienen relieves y dibujos muy pronunciados). De nuevo miles y miles de ellas —lamento repetirme—, repartidas en grandes pirámides sobre trozos de tela, o en el interior de cestas y cajas. Frente a cada tenderete hay una serie de taburetes enanos. Y los potenciales compradores se pasan horas y horas sentados, o acuclillados, lupa en mano, analizando con atención cada uno de los repliegues de las cáscaras de nuez. ¿Qué buscan en ellas? La respuesta es simple y a la vez laberíntica. Buscan eso tan raro que es la simetría perfecta entre las dos mitades de la nuez. Una simetría, de hecho, que no se da «naturalmente» en la Naturaleza. De ahí lo retorcido de la afición. A más simetría, o cercanía con la simetría, más precio.

Ya menos extravagante pero también exótico, en el Panjiayuan se pueden comprar tejidos y ropaje étnicos, muebles de maderas preciosas. Joyas, ámbar. Y jade, mucho jade; hay montones de tiendas y paradas con abundancia de objetos labrados de esta piedra dura, símbolo de China.

Tampoco son desdeñables los puestos que venden esculturas de bronce y hierro. Hay de todo. Dragones y leones, Apolos y Afroditas, señoritas *art nouveau*. Cupidos y animales del horóscopo celestial, Maos y símbolos revolucionarios. Legiones de bestias, dioses y humanos revueltos sin criterio o jerarquía, y sin consideración hacia la lucha de clases.

A todo lo descrito hay que sumar las caligrafías y pinturas chinas, las garzas y peonías y montañas sagradas sobre papel de seda. Más los óleos. Los Van Goghs, Gauguins, Renoirs y demás imitaciones occidentales. Y también la parafernalia maoísta: estrellas rojas, medallas militares, monedas y sellos, pósters, panfletos y libros. Y, por fin, lo más interesante –y auténtico– del mercado, los óleos y acuarelas de la época de la Revolución. Hay piezas notables por su calidad y técnica. *Helàs,* son poco asequibles y no susceptibles de regateo.

Está de más decir que, salvo esto último y cuatro excepciones que solo los entendidos consiguen dilucidar, el resto del mercado es una tomadura de pelo colosal. Cuarenta y cinco mil metros cuadrados de *fakes*. Puros remedos. Ámbar falso, jade falso, plata falsa, maderas preciosas falsas. Sin olvidar las antigüedades. Las esculturas, porcelanas, pinturas...

Este país parece sentir un amor exacerbado por la falsificación, de ahí que sus artesanos hayan hecho del duplicado un arte sublime. Se dice que hasta los guerreros de terracota de Xian son una filfa, y que los auténticos están a buen resguardo (quién sabe dónde). Y aseguran que la famosa exposición que los paseó por todo el mundo fue una gran bufonada. Los fieros combatientes portátiles eran de medio pelo. No tendría nada de sorprendente. En Panjiayuan, sin ir más lejos, venden varios regimientos de estos soldados. Son réplicas perfectas –con el desgaste y pátina natural del tiempo– y además los hay en varias tallas. Tamaño natural para jardín, regular para salón y reducido para estanterías.

Aquí, el gusto chino por el plagio alcanza cotas de paroxismo. Y de parodia. Incluso existe lo que yo llamo «antigüedades de temporada». Por ejemplo, el invierno pasado la antigüedad más vendida fue una pieza encantadora de plata –supuesta– que escenificaba a dos sabios ancianos jugando al *mah jong*. En primavera hicieron furor unas parejas de porcelana supuesto período Qing que recreaban a dos fumadores de opio (hombre y mujer). En verano tuvimos una figura de bronce supuesto primer período maoísta que representaba, con gran realismo, a Mao enarbolando el libro rojo. Y en Otoño se nos sedujo con unos graciosos, y muy cómicos, tres Budas –de nuevo Qing– sentados. Uno se tapaba los ojos, el otro la boca, el otro los oídos. Lección moral aplicable al mercado. No ver, no oír, no hablar. Solo comprar.

Una servidora cumple. Acato los gustos de cada temporada sin complejos ni vergüenza. Compro. Y luego desparramo mis *chinoiseries* por diversas casas, propias y ajenas. Resulta muy satisfactorio. El hecho de que sean copias tranquiliza. Es un consumo barato, democrático que nos iguala a todos. Especie de IKEA pero en más colorido y singular. Además, sería mezquino no apreciar el buen hacer, la habilidad artesanal que hay tras estas magníficas copias.

Al inundar el mercado de falsificaciones, los chinos han logrado acabar con ese sobrevalorado objeto llamado «pieza única». Es más, a estas alturas, y tras los millones de remedos de cualquier cosa, uno empieza a poner en duda que alguna vez haya existido algún original de nada. Y hasta se pudiera elucubrar con que el susodicho y supuesto original –si lo hubiera–, fuera a su vez copia de una copia de una copia de una copia de una copia...

El febril intercambio comercial del Panjiayuan se inicia como a las cuatro y media o cinco de la madrugada y se prolonga hasta las seis de la tarde. El mercado está abierto a diario, con esplendor y apoteosis los sábados y domingos.

De madrugada solo acuden los compradores chinos que saben de qué va el percal. Son los depredadores tempraneros. Esos expertos que sueñan con exhumar alguna joya insólita, la rareza maravillosa aparecida de la nada en algún viejo baúl, o rescatada en alguna aldea jurásica. Se dice que estos cazatesoros salen cada vez más frustrados de la visita. Apenas queda nada genuino.

Un poco más tarde, pero no mucho más, llegan los de la reventa. Compran a granel y sin hilar fino. Son clientes que a su vez venderán y repartirán la mercancía por la ciudad. Autónomos con puestos ambulantes, propietarios de tiendas diversas en los barrios de Beijing.

A primera hora de la mañana, cuando se supone que las escasas piezas interesantes se han esfumado, llegan los pekineses de a pie. Y nosotros, los expatriados. Ni los unos ni los otros acostumbramos a andar en pos de lo extraordinario. La cosa es pasear, darse una vuelta. Disfrutar del jaleo y del abigarrado paisaje. También compramos, claro, pero a sabiendas. No ignoramos la duplicidad de lo que se vende allí.

Es obligado que cualquier compra vaya precedida por un brioso regateo. No hay agresividad en este intercambio. Se trata de un ritual que se cumple por lealtad hacia la tradición y también como combate de ingenios. Ni comprador ni vendedor tienen prisa. La pieza es revisada al detalle. Se la analiza y estudia decenas de veces antes de cerrar la transacción o siquiera hablar de precios.

Los vendedores del mercado son doctores en el arte del negociado. No hay modo de vencerlos. La única posibilidad, aunque no siempre funcione, de doblegarles es amagar con irse. Si te dejan partir, no hay nada que hacer. Significa que ya estaban perdiendo dinero, o que les has caído mal, y punto. Si aún les da positivo el margen de ganancia, entonces saldrán volando detrás de ti, y te tirarán de la manga para que retornes al puesto y sigas con el regateo. Es seguro que acabarás comprando. Por hábil que sea el cliente occidental (o por muy catalán, judío o griego que sea, por comentar algunos nacionales con buena reputación comercial), al lado de los nativos nunca pasará de mero aficionado.

Hacia mediodía aterrizan los turistas. Y entonces un estremecimiento de excitación recorre el mercado. Los vendedores que dormitaban despiertan y se desperezan. Reordenan su mercancía, afilan las armas. ¡Ojo avizor! Ha llegado el momento de desplegar artimañas y zalamerías. Los turistas son cándidos e incautos, y suelen tener una disposición entregada. Criaturas en pañales, poco pueden hacer frente a la astucia china. Todos pican.

Encontré a Wolfgang, tieso como centinela, frente al mostrador de recepción del hotel. Miró su reloj de pulsera. Era un gesto de reproche, yo llegaba tarde. Y además, llegaba sola. ¿Dónde estaba G? Abrumado de trabajo, le contesté. Mentira piadosa. La verdad es que G me había abandonado miserablemente. Al fin y al cabo —adujo— W era amigo de juventud *mío,* no *suyo.* Cada palo aguante su vela, él nos esperaría en casa. Prepararía los *gin-tonics* y cocinaría. Vaya consuelo, menuda deserción.

Hacía unos años que no veía a Wolfgang, En estos casos, es habitual decir que fulano o mengano está igualito que siempre. Mentira. Wolfgang no estaba igual que siempre sino mucho más de todo que siempre. Con la personalidad, digamos, reforzada por la experiencia y la autoridad que otorga la llegada a ciertas edades venerables. Era más él que nunca.

Tomamos el metro. Durante el trayecto —unos cuarenta minutos, con un par de cambios de línea— me narró la historia completa del subterráneo (W es ingeniero). Una conferencia magistral. Cuándo se había iniciado, cuándo había finalizado. Qué materiales se habían usado, qué sistemas de perforación. Quién había confeccionado sus vagones, dónde y por qué. Y, finalmente, cuántas líneas más tenía previsto crear el gobierno chino para alcanzar la máxima cota de eficacia, caso de conseguirla, que no estaba nada claro.

Fue un inicio de mañana alarmante, breve muestra de lo que me esperaba en las próximas horas. Sin embargo, yo albergaba la esperanza de que la situación mejorara en el Panjiayuan. La hiperbólica parafernalia del mercado le dejaría sin palabras. Se me distraería, me ahorraría los discursos.

Vanos deseos. Subestimaba su egocentrismo, su pedantería. El mercado no le impresionó ni inspiró en absoluto. Ni *ohs* ni *ahs* de admiración, ni una sola observación respecto al hilarante despliegue de mercancía. Es más, repitió hasta la saciedad, el Panjiayuan le recordaba mucho a otros mercados que había visitado en... y aquí seguía una larga retahíla de nombres que incluía casi todos los países del Sudeste Asiático.

Hicimos el recorrido con paso mecánico y desganado. W apenas si echaba un vistazo a los objetos expuestos, y cuando lo hacía era para minimizar su valor. Su mirada era la del conocedor perito en la materia; toda clase de materias, materiales, técnicas y épocas. A veces levantaba una pieza, la observaba con ojo crítico, luego la dejaba de nuevo en el suelo. Él estaba de vuelta de todo. Y si yo osaba embelesarme frente a alguna menudencia encantadora, se apresuraba a echarme un jarro de agua fría. ¿Esto te gusta?, decía en un tono desdeñoso que me enfriaba al instante. O bien. Ni se te ocurra —aseguraba con gravedad—, te van a estafar. Y entre tanto, hablaba. Y, sobre todo, aleccionaba. Se había subido al púlpito, y desde allí lanzaba una disertación tras otra. Lo que él opinaba sobre la vida, el amor, el trabajo, los hijos, la familia. Sobre los progresos y errores de China, el camino que le esperaba al país...

Hay personalidades que insuflan energía, otras que la succionan. Wolfgang pertenecía a la última categoría. A media mañana yo estaba derrotada. Había perdido fuelle y espíritu. Me arrastraba con tristeza por aquellos puestos llenos de chucherías que tanto había disfrutado en tiempos que me parecían, ay de mí, muy lejanos. Esto es lo que consiguen los Wolfgangs de este mundo (y no hay pocos). Cenizos que convierten todo en ceniza. Merecerían arder en algún fuego eterno.

En general, soy de las que piensan que no hay que chafar la fiesta a nadie. Y eso incluye clarificar verdades que el prójimo no desea oír. Siempre recordaré mis primeros días en Beijing. Muy ilusionada, mostré un bolso de piel precioso, comprado por cuatro perras, a una conocida, más veterana que yo, en la vida de la ciudad.

—Es de caucho —me espetó al instante—, no de piel. Te han tomado el pelo.

—Noooo. Mira, mira. —le enseñé el forro y no sé cuantas cosas más—, incluso huele a animal, apesta a piel mal curtida.

—No, chica, apesta a caucho barato.

Desde luego, ella tenía razón. Y seguramente creyó haberme hecho un favor. Pues no. No me lo hizo. Tan no me lo hizo que no me apeteció verla más. Hay que huir de los altruistas a costa de las ilusiones de uno. Arruinan sueños, propagan vibraciones negativas.

La reflexión viene a cuento. Porque de súbito Wolfgang encontró la pieza de su vida. Y, en vez de explicarle lo que sabía, mantuve la boca cerrada.

Se trataba de una figura deliciosa, un caballito mongol construido con una visión abstracta de la zoología. Barriga enorme, patitas y cabeza pequeñas, espuelas colgantes. Una escultura de bronce adorable que yo conocía bien porque la había visto muchas veces. En honor a la verdad, cada día. La teníamos en casa. Y no solo en la nuestra, sino en la de todos los amigos y conocidos. El caballito en cuestión era un resto de alguna temporada anterior. Y me supongo que esta fue una de las razones por las que Wolfgang tragó el anzuelo con hilo y caña. Solo lo vio en un puesto. Y asumió que era un objeto único, una genuina antigüedad.

El vendedor, faltaría más, pilló la situación al vuelo. Asumió lo mismo que su cliente y estableció el precio de partida en consecuencia. El caballo era una maravilla, no había otro igual. Tres mil yuanes (trescientos y pico euros de la época) y el caballero se convertiría en el afortunado poseedor de tan valioso objeto de arte.

Me vi en una tesitura delicada. Yo recordaba que por la misma figura habíamos pagado todos —nosotros y los amigos— unos 300 yuanes. El marchante estaba pidiendo diez veces más. Traté de hacer un pequeño aparte con W, para pasarle la información. Pero me acalló con un susurro perentorio.

—Tú déjame a mí. No te metas. Soy muy bueno en el regateo.

Y sí, le dejé. Y no, no me metí. Tampoco es cosa de hacer un favor a quien no quiere.

Iniciaron el tira y afloja habitual. El vendedor me debía conocer de vista. Y además todos los vendedores distinguen, de inmediato, a quienes viven en Beijing y a quienes son solo turistas. Algo, en el modo de pasear, o en la actitud, revela al ave de paso y a quien vive asentado. La cosa es que de vez en cuando el chico —era un chaval joven— me lanzaba una mirada sesgada, como esperando que yo interviniera y le jorobara el negocio. Pero no lo hice. Estaba harta de Wolfgang, de su petulancia y de su infinita sabiduría. Así que fui más discreta que una tumba. Y con mi silencio me puse arteramente a favor del vendedor.

Wolfgang consiguió su caballito por dos mil quinientos yuanes. Y podía darse por satisfecho, creo que mi presencia coartó al vendedor. Probablemente no se atrevió a exigirle los tres mil enteros por miedo a que le delatara.

La transacción fue útil en todos los aspectos. Pasó rápido el tiempo y Wolfgang tuvo algo en que entretenerse. Se acercaba la hora de comer, tomamos de nuevo el metro para ir a casa. W estaba exultante. Acariciaba su escultura, la sacaba de la bolsa. La estudiaba una y otra vez. Una vez más, disertó sin cesar. Esta vez la conferencia giró en torno a su reciente adquisición. Más que ensalzar el objeto comprado, lo que hizo fue declamar, con múltiples variaciones, sus habilidades como comprador.

Fue un viaje clorofórmico. W no es uno de esos pesados que se limitan a monologar sin más, esos que son neutralizables con vagos cabezazos afirmativos y alguna que otra sonrisa del escucha. No, Wolfgang es de los que demandan interlocución real. Cada vez que se me iba el santo al cielo —mentalmente hablando— , él se encargaba de bajarme a la tierra del modo más molesto. ¿Tú que hubieras hecho en mi lugar? ¿No te parece que fui muy hábil al proponer dos mil? Porque fíjate que cuando él me dijo dos mil setecientos yo hubiera podido decir dos mil seiscientos, pero no. Yo sabía que para sacárselo en dos mil quinientos tenía que pedir dos mil. ¿Comprendes? Si, yo comprendía.

En cualquier caso, cuando salíamos del metro de pronto tuvo una ocurrencia que le dejó atribulado. No era otra que la aduana de salida del país. Recordaba haber leído que las autoridades Chinas eran muy estrictas. Estaba totalmente prohibido sacar antigüedades del país.

—Ah, sí —corroboré con perversa malevolencia—, con toda probabilidad terminarás en las mazmorras del régimen.

La idea le hizo palidecer de terror. Me miró con los ojos abiertos como platos

—¿Tú crees?

—Todo es posible, sí.

Permaneció extrañamente silencioso y cariacontecido hasta que llegamos a casa. Pero en el ascensor le remontó la moral. Podría mostrarle el caballito a G, le explicaría lo bien que había conducido la transacción. Se luciría un buen rato.

Puse la llave en la cerradura y abrí la puerta de casa. Y allí estaba, sobre un mueble del salón y en su lugar de honor. El caballito mongol, nuestro caballito mongol.

W lo vio de inmediato. Dio un pequeño respingo pero no dijo nada. Disimuló, trató de recomponerse a trancas y barrancas. Yo le observaba con discreto interés. Estaba perplejo y aturdido, sumido en un mar de dudas. No sabía qué pensar. Y no se atrevía a preguntar, mucho menos a mostrar su propio caballito a G. Los hombres detestan hacer el ridículo *—to loose face—* frente a otros hombres.

Tomamos una copa, charlamos de esto y aquello. Wolfgang apenas si contestaba con monosílabos. G me lanzó una mirada interrogadora, tanta parquedad no era habitual. Yo me mantuve impávida y sonriente. Tras una mañana de pesadilla, había llegado mi hora. Me estaba divirtiendo de lo lindo. W lanzaba constantes miradas de soslayo a nuestro caballo. Después del segundo *gin-tonic,* no pudo contenerse más. Como quien no quiere la cosa, se levantó y se dirigió hacia el mueble del salón.

También G había abandonado el sofá. Es carnívoro y tenía unas costillas de vaca listas para echar en la sartén. Cualquier otro asunto menguaba a séptimo plano. Se dirigió a la cocina sin prestar atención a los movimientos de nuestro invitado.

Wolfgang tenía el caballito en las manos y lo estaba examinando con atención. Lo estudió por arriba, por abajo, del derecho, del revés. Se lo aproximó a la cara. Se puso las gafas de mirar de cerca. Revisó la escultura centímetro a centímetro. Tras un par de minutos de inspección detenida, concluyó, con gran aplomo.

—Extraordinaria falsificación. Muy conseguida. Cualquier lego en la materia podría llegar a creer que es el original.

El chisporroteo de la carne en el aceite ahogó sus últimas palabras. G no las oyó. Yo sí. Aún me estoy riendo.

Dejé que se fuera de casa convencido de haber comprado una escultura original. Poco después regresaba a Alemania, ya no le volví a ver. Pero el día anterior a su partida llamó. Su voz tenía un timbre casi histérico debido a la angustia. Los controles de seguridad en la aduana china le daban pavor.

¿Podría yo mantener mi teléfono operativo hasta la hora de su vuelo? No fuera que se encontrara metido en algún conflicto serio con las autoridades y tuviera que llamar pidiendo auxilio.

Le dije que sí, ningún problema con dejar el teléfono abierto. Por lo demás, supongo que podía haberle tranquilizado en tres palabras. No lo hice. Malvada que es una.

Me olvidé por completo de él. Hasta que a media mañana del día siguiente sonó el teléfono. Contesté. Del otro lado de la línea me llegó un murmullo conspirativo.

—Acabo de pasar los controles de seguridad. Les he explicado que la escultura es una falsificación. Todo va bien. ¡Se lo han creído!

ESTAMPAS ESTACIONALES

Pour Marianne et André, petit souvenir de la Chine

Apenas existe el otoño, salvo por unas cuantas tormentas aisladas. Los calores feroces dan paso a un frío severo, temperaturas que durante un puñado de días rozan el cero por arriba, para luego ya despeñarse definitivamente debajo de él. La calefacción se enciende –gazpacho para todos– en la segunda semana de Noviembre. Antes hay que apañárselas; jerséis gruesos, calcetines de lana dentro de casa. Pese a la incomodidad, suelen ser días que tienen un toque estimulante, alegre. Es el retroceso a un mundo algo primigenio en el que el confort no está garantizado. Plantar cara al frío, mente y cuerpo en estado de alerta.

Luego llega el invierno profundo, de golpe y porrazo. Y con él la ciudad adquiere una suerte de personalidad plomiza y pesada, soviética. A veces las temperaturas descienden a menos trece, menos dieciocho. El aire muerde, el frío apuñala. Los ciudadanos chinos suelen afrontar estas oleadas siberianas con poco más que un *anorak*. Gente templada y curtida, esta. Sobre todo los mayores; han vivido mucho, han pasado por todo. Es el crepúsculo de su vida, pero también la época más dulce. Han progresado, sus hijos han subido de escalafón, sus nietos van a la escuela, se crían sanos e inteligentes. Estos ancianos aún se saludan con la vieja expresión *chi le ma?* Significa, literalmente, «¿has comido hoy?». Hace apenas unas décadas, la pregunta era crucial, casi de vida o muerte. Ahora, en cambio, la familia come cada día. Y su país, al que aman, se ha convertido en una potencia con la que todos los líderes del planeta desean estar a buenas. Viven estos avances con orgullo y satisfacción, seguros de haber contribuido a ello.

La primera nevada trae consigo un primer movimiento de euforia colectiva, como en todas partes del mundo. La gente se lanza a la calle, los niños hacen bolas de nieve. La ciudad se ennoblece, el polvo queda escondido bajo un manto inmaculado. Luego resurge, pero no importa. Durante unas horas se ha vivido la fantasía de la virginidad polar. Y las chicas han salido a hacerse fotografías bailando de puntillas y haciendo poses pícaras, envueltas en pieles sintéticas y calzadas con botas de pelos blancas. Como reinas de la nieves, como zarinas y princesas.

Se congelan las cascadas de las fuentes, las estalactitas cuelgan de las barbas de dragones y leones. Cuadrillas de trabajadores empaquetan los árboles más frágiles con telas protectoras. Troncos y ramas quedan envueltos en pulcros vendajes de arpillera. Los otros árboles, aquellos capaces de resistir las heladas, hace días que han perdido las hojas. Las lianas peladas de los sauces llorones se mecen y revolotean, se enredan entre sí, como serpientes enfadadas.

El agua de acequias, canales y grandes lagos también se hiela. La basura queda atrapada bajo el hielo, y sobre las superficies tersas se deslizan los trineos de bambú cargados con críos de mejillas anchas y brillantes, quemadas por la bajas temperaturas. Las abuelas están atentas, les siguen, con o sin patines, apenas apoyadas en un par de cañas de bambú. Ríen y giran. Son tan leves, tan balanceadas. Equilibrio, flexibilidad, las marcas biológicas de la raza. Huesos menudos, poca musculatura, mucho nervio. Mucha estabilidad.

Se alarga el invierno. Cansa la falta de color. Las brigadas de jardineros del municipio enganchan, una a una, una tras otra, hojas y flores multicolor a las ramas de los árboles. Es un trabajo artesanal, minucioso y hábil que engaña. Y quien es indiferente a la botánica y los jardines, asume, sin cuestionarse, el disparate que supone ver algunos parques eternamente floridos. Incluso los amantes de las flores, los que sabemos que eso no es factible, tenemos dudas momentáneas. No es fácil adivinar el truco. A primera vista, uno tiende a creer que todo el árbol es falso. Esta primera impresión se desvanece pronto, basta con mirarlo dos veces para ver que es real. Pero hay que acercarse a dos palmos de distancia para descubrir la astucia de la mímesis. El árbol es real, sus ramas son reales. Las hojas y la flores, en cambio, son de plástico. Una combinación de verdad y mentira muy efectiva.

Llegan las Navidades europeas. Pretexto para llenar las calles de luces, paquetes de regalo, lazos, abetos y un Papá Noel en cada esquina. Beijing se convierte en una Disneylandia algo ridícula que proclama alegría forzada, fiestas familiares, solidaridad... y vitalidad comercial. Esto último sí es genuino.

Pasan los meses, también se nos escamotea la primavera.

El calor llega, de nuevo de golpe y porrazo. Las plantas toman carrerilla, se apresuran a brotar. Deben atrapar a la naturaleza, que se les ha adelantado. A medida que nacen las hojas y flores de verdad, los mismos trabajadores del ayuntamiento que insertaron las de pacotilla, ahora las quitan y guardan para el año próximo. De nuevo una a una, otra vez con santa paciencia. También liberan al resto de árboles de sus vendajes y fundas protectoras. Y entonces todo explota y renace. La ciudad se metamorfosea. Se llena de verdor, de árboles triunfantes, arbustos pletóricos. Y de rosas de todos los colores. Las pobres han sobrevivido al frío polar, a los metales pesados y al polvo corrosivo. Florecen y florecen, y nos obsequian sin cesar. Son heroínas muy, pero que muy, aguerridas (o quizá mutantes).

Cuadrillas como ejércitos benévolos van de un lado a otro de la ciudad cargadas con decenas de miles de macetas llenas de flores y plantitas de temporada. Beijing se sabe dura, trata de engalanarse un poco para suavizar su aspereza. No siempre lo consigue, aunque se agradece el intento. Sin embargo, no es en los grandes parques y las pretenciosas composiciones florales donde la ciudad recupera su alma humana, sino en rincones mucho más escondidos y humildes. Desde luego, lugares donde no interviene la mano de la oficialidad.

De súbito, surgidos de la nada, aparecen huertos caseros y jardines domésticos en los lugares más insólitos y extravagantes. Los hay encajados entre moles de cemento, en patios mínimos, colgados de los balcones enjaulados de los *compounds*. En parterres improvisados sobre las aceras, alrededor de los árboles, o en precarias jardineras creadas con ladrillos, latas, piedras, viejos neumáticos. Es el alma campesina de Beijing, que rebrota con fuerza.

Los demiurgos de estos pequeños oasis de verduras y flores son los ancianos de la ciudad. Ellos hacen el milagro. Arrancan terrones de tierra al asfalto. Cavan, siembran y riegan. Llenan los parterres de malvas y alceas, tomateras, pepinos; judías y berenjenas y caléndulas. Tienden complicados entramados de cañas con una perseverancia y una gracia infinitas. Y a sus pies siembran calabacines y pequeños melones que se enfilan y enfilan a la velocidad de las habichuelas de Jack. Hasta que un par de meses más tarde han conseguido armar verandas bajo las que se sientan a tomar té y agua caliente. A abanicarse, a comadrear, sudar y jugar al *mah jong* y al dominó. La canícula estival, ni más ni menos. En versión pekinesa.

Estampas aldeanas y coloridas entre cíclopes átonos, grises. Emerge entonces una capital de imperio que lucha desesperadamente por conservar alguna referencia humana. Es, casi seguro, el último estertor de un mundo que naufraga, engullido por las sucesivas oleadas de progreso económico. En tanto vivan los abuelos, existe el recuerdo de la tierra. Beijing está lleno de campesinos que aún preservan la memoria de otros tiempos, de sus lugares de origen. Sus hijos aceptan el vínculo, si no con entusiasmo, al menos con respeto. Los nietos ya son urbanitas de pura sangre. Su único contacto con la naturaleza consistirá en cuatro lujosas plantas de interior, quizá el *bonsai* cultivado en la repisa de una ventana. Y el parque temático cercano a la ciudad que irán a visitar algún fin de semana.

Pero no serán solo los jóvenes y la economía quienes enterrarán estos encantadores huertos y jardines. De todos modos están condenados al olvido. Conforme la modernización de la ciudad vaya avanzando, los pequeños espacios espontáneos y caóticos, con sus actividades improvisadas, se clausurarán, barridos por regulaciones, impuestos, prohibiciones. Ya está sucediendo. Desaparecen mercados callejeros, dentistas y barberos ambulantes, camiones que reparten verduras y frutas por los barrios. Pero aquí hay gran abundancia de todo, también de costumbres pueblerinas. No van a esfumarse de la noche a la mañana. Resisten, se resisten... ¿Hasta cuándo?

La estaciones no cambian, China sí. Y con el acelerador pisado a fondo. Esta es una fotografía pillada al vuelo. Un clic. Una gota de luz en el diafragma. Mañana será otra cosa.

ELLA

La convención advierte que es una de las diez maravillas del mundo. Posiblemente también su cementerio más grande. Cientos de miles de almas duermen el sueño eterno al pie de estos muros. Fueron sus albañiles forzosos. Hombres y mujeres comunes, soldados, criminales.

Hoy ya es sabido que tiene miles de kilómetros. Cada año se descubre algún tramo nuevo. Muchos de estos fragmentos son inaccesibles. Se hallan en lugares aislados, remotos. El tiempo los ha camuflado, mimetizado con el paisaje. La vegetación se ha tragado muros y almenas. Los campesinos han utilizado las piedras para construir cercados, aldeas.

Aun así, lo que subsiste, restaurado y sin restaurar, le deja a uno mudo de asombro.

Ella sola merece el largo viaje a China. No importa cuántas veces se haya visto el icono. No hay imagen que le haga justicia, que evoque su grandeza.

Produce pasmo, temor, reverencia. No es solo la intempestiva, enajenada obra de ingeniería. Es el paisaje majestuoso, épico. Son los diversos planos de montañas, renglones tras renglones, unas de tonos ocres y rojizos, otras, sombrías y grisáceas. Y es el cielo cambiante, los espacios inabarcables, las alturas solo aptas para pajarracos valientes.

Si se tiene la fortuna de pisarla en un día blanco, recién nevada, entonces la exaltación se traduce en embriaguez. Dan ganas de brincar, de carcajearse y chillarle al viento.

De abrazarla y besar su suelo. Subirse a sus muros para bailar una danza comanche y salvaje. Con las cordilleras de telón de fondo, el abismo boscoso a los pies.

También se dice que se ve desde la luna (mentira).

Es única e irrepetible.

Ella.

MUERTE ENTRE LAS PEONÍAS

Para mi Claudia, su thriller

La calle de las Mujeres de Laitai anda revuelta. Ayer por la noche asesinaron a un florista muy conocido. Lo han encontrado esta mañana, día de San Valentín. Estaba en el interior de su tienda, espatarrado con muy poca dignidad sobre un espeso lecho de peonías. Tenía una daga clavada en el corazón. Antes, sin embargo, lo habían degollado con el mismo instrumento. Había sangre por todas partes. Debía haber saltado a chorros de su garganta, y se había mezclado con las flores creando unos híbridos preciosos. Peonías blancas con azarosas manchas de un color brillante, rojo y laca.

Lady's Street es un pequeño conglomerado comercial muy frecuentado. Como el nombre indica, su *target* principal son las mujeres. Hay toda clase de tiendas para señoras. Ropa, bolsos, adornos y joyería. Y también un callejón repleto de restaurantes al aire libre. La zona no está diseñada para turistas sino para consumo interno y de clase media. Lo que se vende allí es rabiosamente chino, solo apto para sueños y anhelos nativos.

La mujer occidental que visite Lady's Street con intención de comprar se arriesga a recibir varias lecciones de humildad además de un disgusto tras otro. Cualquier ropa, por más XXXXXX... L que sea, le irá pequeña. Y tras haber pasado por media docena de probadores concluirá que es gorda, zafia y poco femenina. Probarse zapatos puede ser aún más bilioso, una vivencia similar a la padecida por las hermanas feas de Cenicienta con el zapatito de cristal.

El cúmulo de desgracias no termina aquí. Porque llegará la hora de comer y se verá abocada a morir de inanición. Sucede que las mesas de los restaurantes apenas levantan dos palmos del suelo, y los asientos mantienen una altura proporcional. De tal modo que esos preciados especímenes occidentales, llamados «mujeres de piernas largas», no podrán colocar las extremidades en ninguna parte, a menos, claro está, que sean contorsionistas. No hay excepción a este mobiliario. Todo el callejón consiste en una larga serie de mesas y sillas de tamaño infantil. Y quien se asoma al lugar por primera vez tiende a frotarse los ojos, creyendo haber llegado a un Liliput en verbena perpetua. Lo de la verbena viene a cuento porque las terrazas están siempre bajo un techo de banderas de colores y farolillos festivos.

Lo más atractivo de Lady's Street es el Mercado de las Flores. No importa que interesen, o no, flores, plantas o botánica en general. Visitar la nave del mercado resulta una experiencia inolvidable. Como casi todo en China, la conmoción se produce por amontonamiento e hipérbole. Hileras de tiendas atiborradas de orquídeas, estanques que rebosan nenúfares y flores de loto. Adornos imposibles para jardines barrocos; ruinas falsas, templos y pagodas. Enormes macetas con arbustos tropicales de hojas carnosas y gigantes. Fuentes de conchas y piedras de colores que borbotean sin cesar. Acuarios con peces, tortugas, ranas y hasta pequeños tiburones. En suma, una borrachera lujuriante de follajes y pétalos, de vapores y agua. El paseo es muy gozoso, aunque algo ofuscador; la humedad y el exceso de carbono que despiden las plantas acaban por marear.

Olvide usted cualquier otro mercado de flores conocido. Este pertenece a otra división. En él hay cosas tan extravagantes como *bonsais* de dos metros (réplica de árboles colosales). Y un puesto donde un artista infinito crea universos completos encerrados en campanas y urnas de cristal. Son paisajes diminutos, con rocas, cascadas, helechos y pinos. Neblinas que flotan sobre superficies de agua, mínimos lagos en los que colean peces sólo perceptibles con una lente de aumento. Exasperaciones románticas, falsamente salvajes.

Tan impostadas como las de Caspar David Friedrich, pero con más carga decorativa.

La víctima del crimen se llamaba Gao Li. Era el florista más reputado, ya no del mercado, sino de la ciudad. También el más rico e influyente. Su tienda tenía ese toque exagerado, ostentoso, un punto decadente, que se ha dado en llamar lujo asiático. Cuatro veces más grande que el resto de puestos, acristalada y cubierta de plantas trepadoras del suelo hasta el techo. En mitad del espacio había un estanque circular lleno de carpas doradas y flores de loto. Lo rodeaba un sofá, también redondo, tapizado en un terciopelo negro sobre el que una de las abuelas de la familia había bordado, con hilachas de oro, un dibujo de peces –signo chino de la fortuna– nadando entre juncos estilizados.

Dos años atrás, por estas mismas fechas, Gao Li había saltado al estrellato. La razón de su encumbramiento fue una novedosa estrategia de *marketing* basada, enteramente, en la jornada de San Valentín.

¿Y qué demonios pinta San Valentín aquí?, se preguntará el lector. La respuesta es casi redundante. Todo lo que sea susceptible de generar comercio interesa a los chinos. Las celebraciones occidentales, tipo Navidades, Halloween, día del padre, de la hermana, del niño o de la madre que nos parió, son otras tantas orgías mercantiles que crean consumo. Y en estos momentos el consumo es el fin último y deseable de la vida china. En consecuencia, los nativos del país se han apropiado de estos saraos foráneos sin hacerles demasiados ascos. Ninguno, de hecho. Y dado que ellos trabajan sin parar, cualquier fecha es compatible con un calendario laboral en el que apenas hay huecos festivos.

Pero aun dejando a un lado cuestiones crematísticas, San Valentín es una celebración que armoniza bien con la mentalidad del país. El eros nativo está muy alejado de nuestros furores y pasiones cargados de hormonas. Es un Cupido blando y gordezuelo. Lanza sus dardos a parejitas que se miran con arrobo infantil, se toman de la mano y, sobre todo, se hacen fotos, muchas fotos. En realidad, nadie –empezando por ellos mismos– los va a considerar novios en serio si antes no han presentado el álbum de fotografías de boda, y cuanto más grueso, mejor. Para la ocasión se disfrazan y cambian varias veces de vestuario. Ellas, siempre de princesas. En rojo o blanco o multicolor. Con gasas, volantes y tules, peinados complejos y extensiones, maquillajes espesos. Ellos, de negro y blanco, con smokings, pajaritas y pelo engominado; o uniformes de militar y casacas tradicionales repletas de dragones. A continuación contratan a un equipo profesional; cámaras, focos, maquilladores, asistentes de producción, y un «*location manager*».

Configurado equipo y *cast*, el grupo de rodaje sale a la caza de escenarios, a cual más romántico, frente a los que la pareja posa con dedicación profesional y mucha gravedad. Son horas y horas de recorridos, de iluminación y puestas en escena, retoques de vestuario y maquillaje.

El día de la boda es de mucho ajetreo. Ni soñar en encontrar tiempo para tanta floritura. ¿Solución?, el álbum de boda se confecciona mucho antes del casamiento «oficial». Semanas, a veces, meses, antes. ¿Que la familia tiene dinero? Los novios emprenden una gira para hacerse las fotografías en marcos de ensueño. Hay álbumes de boda, encuadernaciones de lujo, en los que los novios posan, siempre de tiros largos, sucesivamente frente al Big Ben, en una góndola veneciana, o en la plataforma voladora de la torre Eiffel. Son casos extremos, por supuesto. Las parejas de clase media carecen de medios, se las apañan con los decorados de su propia ciudad.

Sirva esto como otro argumento en favor del San Valentín chino. El día de los enamorados es una celebración ideal para este país. Por una parte, propicia –paradoja de paradojas– grandes movimientos de dinero que corretean de un lado para otro. Por la otra, el espíritu cursi y descafeinado de la jornada coincide con la visión local del amor.

* * *

La idea de Gao Li era magistral. Los clientes masculinos que acudieran a la tienda para comprar flores en el día de San Valentín tan solo podrían encargar ramos para una única mujer. El nombre del cliente y el de su afortunada elegida quedarían ambos registrados en los archivos informáticos de la floristería. Y para toda la vida. En términos prácticos: el hombre jamás podría encargar ramos para otra fémina que no fuera la inscrita. Su amor quedaría sellado en el negocio. Monogamia por imperativo del florista. Y no hay más que hablar.

Los cínicos de turno saltaron enseguida. Bobadas —argumentaron— hecha la ley hecha la trampa. Pero Gao Li proclamó que iba a ser radical y estricto al respecto. Con esta medida extrema y melodramática quería fomentar el amor eterno. Y no iba a aceptar que ningún cliente le diera gato por liebre. Nada de «me he equivocado al deletrear el nombre, o las flores eran para mi madre». En este último caso, aleccionó, era el padre quien debería encargarlas.

Todo esto parece un chascarrillo explicado así. Sin embargo, una reflexión detenida señala ya el germen de graves conflictos. Muy pronto las mujeres empezaron a exigir a sus hombres que cualquier ramo de flores les fuera enviado desde esa precisa tienda y no otra. Unas rosas procedentes de la tienda de Gao Li eran más que unas rosas. *Forget* Mme Stein, «es una rosa es una rosa es una rosa...», estas rosas eran una promesa para siempre jamás. El sello de la floristería garantizaba seriedad amorosa, un compromiso firme. Pocas bromas. Naturalmente, la demanda sentó como un tiro a muchos hombres, cuando no los puso en un serio aprieto. Hubo protestas, controversia. Algunos clientes masculinos empezaron a mirar al florista con escasa simpatía.

Ellos podían rabiar lo que quisieran, tuvieron que zurcirse. Dos semanas después de publicitar su novedosa estrategia, Gao Li había sumado más de cien mil seguidoras entregadas en el Weibo (equivalente chino del Twitter). Tras la gloria llegaron los medios de comunicación, la televisión. Y el dinero.

El vendedor de flores se hizo rico, y su mundo se puso patas arriba. En China, como en todos los países que han sido muy pobres, la cuestión del estatus no es baladí y la discreción no se contempla. Quien se enriquece tiene el deber de mostrarlo, sin complejos, con los signos que manda la ortodoxia. El primero de ellos, el coche. Gao Li, que siempre había ido de un lado para otro con un cochecito de lata de color rosa repleto de flores (lo usaba para el reparto), se vio obligado a cambiar su encantador vehículo por un Bentley enorme. Fue un calvario. No acertaba a conducir la limusina con fluidez, ni a dilucidar sus muchos mandos, botones, instrucciones, avisos, sonidos, alarmas y luces. No hablemos del asunto aparcar.

Después vino la remodelación de la tienda. Comprar los tres puestos vecinos para hacer la ampliación, embarcarse en obras que no tenían fin. Elegir mobiliarios de lujo sobre los que no tenía criterio formado. Contratar dependientes nuevos. En suma, crecer y expandirse. Un agobio.

Gao Li se consideraba más artista que comerciante. Juraba que el éxito de su estrategia le había pillado desprevenido. Él la había ideado pensando en el amor, no en los dineros. Será mentira o verdad, pero es innegable que el hombre tenía un perfil artístico acusado. Podía entretenerse horas en preparar un ramo, y le gustaba que sus clientes le dejaran libertad para crear arreglos especiales. Mezclar flores con frutas, por ejemplo. Añadir mariposas y colibríes a sus ramos. O envolverlos en tenues velos de gasa para crear un efecto difuso, similar al de una fotografía con *flou* (cumbre del romanticismo, a su modo de ver).

Dice el saber popular que detrás de cada hombre exitoso hay una mujer emprendedora... y perpleja. Ambas cosas ciertas en este caso. Aunque la segunda permaneciera cuidadosamente camuflada bajo disimulos y convenciones. Ding Xiao jamás hubiera confesado desconocer por completo a su marido. ¿Cómo? La mera idea de escrutar sus interiores sería ya una herejía impensable. Era su marido, punto final.

Por desgracia, semejante devoción marital no la libraba de las críticas. La esposa de Gao Li caía mal. No tenía el don de saberse ganar amigos. Vecinos, familiares y compañeros de trabajo, coincidían todos en calificarla como una «buena pieza». Aseguraban que manejaba a Gao Li a su antojo. Y que él, un alma bendita y sensible, bailaba al son que ella tocaba. En fin, chismes, quizá envidia por el súbito enriquecimiento.

Ding gestionaba las finanzas de la tienda y sería injusto no hablar de sus buenas cualidades. Era un espléndida administradora, un águila para la organización. Ella controlaba los archivos con los nombres de todos los clientes, cada uno aparejado con su respectiva amada obligatoria. Y si el negocio había prosperado, se debía a sus buenas mañas. Hay personas que saben olfatear dónde está la fortuna. La esposa del florista resultó ser una de ellas. Pronto comprendió que la familia no iba a enriquecerse con lo floral. El dinero serio estaba escondido en los entresijos de la Bolsa, no en las corolas de hibiscos y peonías. Estudió el asunto. Jugó y ganó. En cuestión de meses había conseguido multiplicar exponencialmente los dividendos de la tienda.

Visto bajo esta luz, no resulta tan censurable que perdiera un poco la chaveta cuando un río de *yuanes* empezó a inundar la única habitación de su modesta vivienda. La cuestión es que le dio un trastorno. Se emperró en comprar el odiado Bentley, en ampliar el negocio y contratar empleados. Luego hubo que cambiar de casa, comprar una nueva y grande, aunque, eso sí, ni soñar en moverse del barrio (no tenía gracia prosperar sin exhibirlo). Asimismo se puso tozuda en que había que viajar a Europa. La parentela trató de disuadirla. Ellos eran gente sencilla –protestaron–, el extranjero les parecía un lugar peligroso, habitado por bárbaros y demonios. Pero Ding se mantuvo en sus trece. Argumentó que su hijo debía ver mundo, adquirir una visión cosmopolita. Invertir en ampliar su mente era poco menos que un deber. Dado que la criatura en cuestión tenía la tierna edad de 4 años, sus argumentos y protestas no engañaron a nadie. Todo el mundo captó al instante la razón real del viaje. Que ella quería ir de compras a París, Londres, Roma y Barcelona, por este orden.

A su retorno del tour hubo unanimidad general. Había vuelto de la gira altiva, insoportable. El niño parecía una deidad grotesca, hinchado de tanto comer porquerías foráneas. Y ella iba ridículamente cubierta de ropas y joyas, y bolsos auténticos de marcas. En fin, detalles que no ayudan a tender puentes con el prójimo. Al poco tiempo se había creado uno de esos clásicos espejismos sociales y el cliché había quedado fijo. Ding era antipática, despótica y pagada de sí misma. Gao Li, en cambio, mantuvo su estatus de afable y simpático. Él era bueno. Ella era mala. Cosas que pasan.

* * *

El *partido* ha estado ponderando muy cuidadosamente el crimen y ha decidido que es cien por cien pasional. En su decisión final ha tenido en cuenta el escenario, la daga, la sangre, el personaje implicado y, sobre todo, las flores. Por enrevesadas que sean las tramas políticas locales –lo son, y mucho– el suceso, ha concluido, no tiene ninguno de los ingredientes que caracterizan a un crimen político o económico. Así las cosas, las autoridades pertinentes han decidido dar luz verde a los medios para que ventilen el tema sin censura alguna. Sabia medida, como casi todas las que toma el *partido*. En lo que el pueblo se entretiene en esto no da guerra en otros frentes.

El asesinato y sus pormenores no paran de salir en la televisión. Y sin aparente censura. Incluso uno de los canales estatales –CCTV– ha realizado un amplio reportaje en Lady's Street. Han mostrado el escenario del crimen, y un primerísimo primer plano del arma del crimen, aún manchada de sangre (seca, para decepción de la audiencia, que la hubiera querido roja y untuosa). Las flores tiradas por el suelo, la tienda del derecho y del revés, y desde todos los ángulos posibles. De fondo sonaba una música tétrica, nada menos que la marcha fúnebre de Mendelssohn. Los reporteros también han entrevistado a un par de vendedores de puestos colindantes en el mercado. Se han mostrado compungidos y han dicho lo que todos los vecinos del mundo entero dicen en estas circunstancias. A saber, que el florista era un tipo amable, de lo más normal. Y que no se explican cómo ha podido pasar esto. Ninguno se ha atrevido a hablar mal de su viuda delante de las cámaras, aunque luego, apagados los micrófonos, se han explayado a destajo en eso que se llama el *off the record*.

Pronto han empezado a filtrarse rumores de las investigaciones.

Por muy capital del Imperio que sea, el núcleo esencial de Beijing no deja de ser pueblerino. En el fondo, la ciudad es un caleidoscopio compuesto por miles de aldeas apiñadas entre edificios emblemáticos. La vida en los *compounds* y los *hutongs* es comunitaria, todo el mundo se conoce y se observa. Las habladurías vuelan.

Se transmiten por tiendas y puestos callejeros, por comederos ambulantes, por salones de masajes y peluquerías.

La comisaría no está muy lejos de Lady's Street y la esposa de uno de los policías destinados al caso tiene un puesto de mascotas en el mercado. Estos días ha pasado mucha gente por allí, afluencia que ella ha sabido aprovechar al máximo. Se ha hartado a vender carpas rojas y tortugas. De hecho, la muy tuna ya había pedido un aumento de existencias en previsión. Lleva dos días enteros de centinela en la tienda, sin abandonar su puesto ni para ir al baño, como quien dice.

La policía ha centrado sus primeras investigaciones en el propio Gao Li. Se cree que el desdichado pudiera haber sido víctima de algún marido o novio resentido. Una venganza, en suma. La estrategia del ramo para una única mujer había dado al traste con muchos noviazgos. En un país donde aún existen matrimonios pactados y de conveniencia, es una manera segura de ganarse enemigos.

Los detectives han metido mano en los archivos de la tienda y están interrogando a varios de los clientes de la lista. Ponen énfasis especial en los descontentos. En su primera declaración, Ding explicó que algunos habían llegado a irrumpir a gritos en la floristería, incluso habían amenazado al florista. De paso, ha dicho que ella también se siente en peligro. No estará tranquila hasta que el criminal ande entre rejas.

Todo esto se ha hablado en la comisaría pero también fuera de ella. Ding no para de salir en la tele. Le ha tomado gusto al asunto. Se pasea por *reality shows* y toda clase de platós, pálida y bañada en lágrimas. Habla sin cesar y, cuando no habla, le da por cantar. En un programa de ayer por la noche dedicó una serenata de amor a su difunto. La audiencia, constituida en exclusiva por mujeres, claramente traídas del campo todas, lloraba a moco tendido. No contenta con eso, una vez dio por finalizados los trinos, Ding hizo un llamado patético a las autoridades para que le devolvieran el cadáver de su marido. Con lo de la autopsia se lo tienen retenido, explicó entre gemidos y mucho sorber de mocos. Y ella no puede rendirle los honores debidos. El culto a los muertos es importante en China, y la gente, sobre todo campesina, es muy sensible al tema. Los sollozos de la audiencia casi ahogaron las palabras de ánimo y consuelo de la presentadora, también se le quebró la voz un par de veces.

Tanto psicodrama colectivo debe haber conmovido a alguien en las alturas, porque han empezado los preparativos para el funeral.

Las malas lenguas no dan abasto. Aseguran que a Ding se le ha ido por completo la olla. Por lo visto su intención es organizar unas exequias a lo grande, casi de estado. Y encima al estilo de antes, como si vivieran aún en el pueblo y no en la gran ciudad. Con cortejo fúnebre y carruajes. Una locura. Solo en los permisos de la autoridad, que incluyen montón de sobornos, el presupuesto ha adquirido proporciones gigantescas. Incluso la progenitora del muerto —su suegra—, ha protestado ante tanto gasto y delirio de grandeza. Pero Ding se ha defendido con fiereza. La ceremonia fúnebre debe guardar relación con la riqueza y fama del difunto. Y Gao Li era muy rico y muy famoso. Punto en boca. Nadie ha osado discutírselo. Entre otras cosas, porque ninguno quiere ser borrado de la lista de invitados al festejo. Promete ser el acontecimiento de la temporada.

Tras consultar el Almanaque Chino y decidir la fecha más propicia según astros y alineaciones diversas, Ding ha encargado vestidos blancos para toda la familia. Y ¡también uniformes del mismo color para las empleadas de la tienda! La información procede de fuente fidedigna, la ha hecho circular la modista encargada de la faena. Otra noticia fiable —esta llega del servicio doméstico— es que la viuda ha cursado invitaciones a todos los clientes que hay en los archivos de la tienda. Con solo que vayan al entierro la mitad de las mujeres —a los hombres no se les espera—, las honras tendrán un empaque que para sí quisieran algunas celebridades.

Y sigue el comadreo. Ding habría contratado a un poeta para que escriba el obituario de su marido. Le ha facilitado ella misma los valores a recalcar del difunto, y el bardo no ha tardado ni una hora en filtrarlos. La oda girará en torno a «Gao Li, paladín del amor», y «Gao Li, el hombre que más amó a las mujeres». Por los proveedores del mercado de la flores se sabe que la viuda ha encargado doce mil iris blancos para el día de la ceremonia. También ha contactado a una banda de música. Y ha hecho venir a un grupo de plañideras de su provincia natal, porque aquí, en la ciudad, estos ritos ya han caído en desuso. Por si todo esto fuera poco, la mujer tiene alquilados a un grupo de monjes que rondan de noche por la casa, cantando versos. No es presunción ni invento. La letanía de los dichosos lamas se oye desde la calle, está el barrio harto de ellos. Un incordio.

En suma, que se espera el funeral con gran expectación.

Nadie ha quedado decepcionado. Ha sido una celebración fastuosa, como nunca se había visto por estos lares. El séquito partió de la casa de Gao Li. Antes la familia había hecho las ofrendas debidas y se había cerrado el ataúd. Mientras clavaban los últimos clavos, todos los asistentes se mantuvieron de cara a la pared, tal y como manda la tradición. Luego se dieron unos minutos algo caóticos. Hubo empujones y momentos de tensión. Los amigos y la parentela se peleaban por llevar el ataúd a cuestas. La creencia general es que el muerto reparte bendiciones y buena fortuna entre sus porteadores. Y Gao Li tenía mucho que repartir.

Por fin arrancó la comitiva. El coche fúnebre era una joya, lleno de dorados y relieves. Un lujo, vaya. Detrás seguía el Bentley de la familia y otros coches lujosos de clientes acomodados. Tras ellos, los invitados de a pie. Estaba todo el vecindario, más conocidos y parroquianos de menos posibles. Una marea de gente que paralizó el tráfico durante un rato. Predominaban las mujeres, estaban muy tristes y no pocas lloraban sin disimulo. Llevaban flores blancas y fotografías del florista. Ni la policía se atrevió a intervenir para dispersarlas.

Durante la ceremonia propiamente dicha, las plañideras gritaron y gimieron hasta quedar sin resuello. La convención dicta que las muestras de dolor sean simétricas a la riqueza e importancia del difunto, y Ding las había pagado para que se emplearan a fondo. La orquesta se lució como es debido. Y los asistentes quedaron satisfechos con lo visto y oído. Muy en especial, porque hubo cámaras de televisión para dar y vender. De alguna manera u otra, quien más quien menos, todo el mundo salió en la tele. Y eso, caray, fue maravilloso.

Hoy la investigación ha dado un vuelco inesperado. En un registro rutinario llevado a cabo en la floristería, uno de los detectives ha encontrado una caja de plástico escondida entre las piedras y juncos del fondo del estanque de las carpas. Dentro había un montón de paquetes de cien *yuanes* apretujados, atados con gomas y envueltos en bolsas impermeables. Mucho dinero, dicen...

Una patrulla se ha dirigido de inmediato al domicilio personal de la familia para llevarse a Ding a la comisaría. La detención hubiera pasado casi desapercibida de no ser por el escándalo que ha armado su madre. A la muy insensata no se le ha ocurrido otra cosa que salir corriendo tras el coche policial. Lloraba, se mesaba el pelo y ululaba. Su marido —el padre de Ding—, estaba abochornado. Ha tratado en vano de calmarla y devolverla al interior de la casa. Pero ella se ha tirado en medio de la calzada y allí ha rodado y pataleado hasta quedar rebozada de polvo como una croqueta. Entre tanto, los consuegros, padres del difunto, contemplaban la escena desde la puerta con el niño en brazos (cada vez está más gordo). Y cuando los vecinos se han acercado a ver qué pasaba han desembuchado lo que les ha dado la real gana. No les sorprendía en absoluto la detención de su nuera, ellos siempre habían sabido que no era trigo limpio etcétera. Pero se han tenido que comer su maliciosa satisfacción con patatas (*noodles,* en este caso, la patata goza de menos aceptación por aquí). Tras tres horas de declaración los detectives han soltado a Ding, exonerada de culpa por completo.

La viuda no sabía nada del dinero escondido. Es más, se mostró estupefacta, herida, indignada. Acusó a la policía de insultar la memoria de su marido, aún caliente en su tumba, ¡aún caliente! Un poco más y la habrían tenido que enchironar, no por el tema del dinero descontrolado, sino por agravios e insultos a la autoridad. Menos mal que allí se conocían todos e hicieron la vista gorda. Hasta le toleraron que se largara de la comisaría dando un buen portazo. ¿Quién dice que la policía china no es comprensiva?

En lo que respecta al dinero extra, el detective a cargo del caso está determinado a descubrir de dónde viene. Su pálpito es que Gao Li se dejaba sobornar. Debidamente untado, transgredía sus propias reglas y mandaba ramos a cualquier pelandusca o agraciada que el cliente pidiera. Una inmoralidad así, sin embargo, no cuadraba con la buena fama de la que gozaba el florista. Terrenos delicados, estos.

Han pasado los días. Cada uno de ellos trae alguna novedad. No es exactamente que avance la investigación, lo que progresa son los comadreos.

Al parecer, cuando un marido o amante –rico– se hallaba en apuros, Gao Li se mostraba comprensivo. Entendía bien la situación, él también era humano. En un caso tan excepcional, y por ser el cliente quien era, estaba dispuesto a saltarse las normas de la floristería y mandar flores a una mujer que no fuera la inscrita en el registro de parejas oficiales de sus archivos. Claro que entonces el precio sufriría ligeras variaciones...

No hay unanimidad, y sí mucha perplejidad, a la hora de calificar el asunto. ¿Prevaricación?, ¿soborno?, ¿chantaje encubierto? ¿Un acuerdo entre hombres de mundo? Sea como fuere, la policía no ha conseguido tipificarlo como delito. Si los adúlteros eran tan estúpidos como para pagar veinte veces más de lo normal por un ramo de peonías, allá ellos. Quizá también largaban la pasta por miedo a un posible chantaje, todo podía ser. Pero no había prueba de ello, ni la habría. Ninguno de ellos iba a soltar prenda. Y el difunto aún menos.

Lo único cierto es que los diversos interrogatorios, basados en el archivo de la floristería, están dejando un reguero de divorcios, peleas y desestructuraciones familiares. Salen los trapos sucios, hay hecatombes domésticas. Incluso palizas. Una mujer, pilar social de la ciudad, le habría dado una buena tunda a su marido. Al parecer, este —otro pilar social— era uno de los que sobornaba al florista. En concreto, cada día mandaba tres docenas de rosas a su amante. La tenía —a la amante— instalada en una bombonera de lujo, por la zona de Chaoyang Park (West).

El detective jefe anda consternado. Estas convulsiones generan inestabilidad social y son muy perniciosas. Involucran a políticos, a gente rica y con poder. Ya ha recibido varias protestas formales, amenazas encubiertas. Y cuentan que está a punto de tirar la toalla. Empieza a pensar que no merece la pena hacer estropicios tan grandes por un solo chino muerto. Lo encuentra desproporcionado. Con razón.

El problema es que la viuda le ha tomado gusto a la exposición pública. No permite que se olvide el asunto. Mucho menos desde que la reputación de su marido ha quedado empañada con lo del dinero recibido bajo manga. Ding sigue paseándose por los platós y ahora, además de llorar y cantar, protesta airadamente. Reivindica la memoria de Gao Li. Jura que era un alma pura y que las acusaciones son fruto de complejas conspiraciones, terribles complots. También lanza acusaciones contra los cuerpos policiales. No se están empeñando en el caso como debieran.

La bomba. Por fin hay arresto, con sospechoso en firme y confeso. La policía ha encarcelado a un bailarín de la Compañía Nacional de Baile, y ya se le ha acusado formalmente de la muerte del florista. La noticia ha descolocado a todo el mundo. A la viuda, para empezar, no digamos a la familia. Pero también al barrio y al club de fans femenino del florista. ¿Quién demonios era el chico? ¿Qué relación podía tener un bailarín de danza clásica con Gao Li?

El flujo de vecinos hacia la tienda de mascotas de la consorte policial se ha acrecentado, pero por una vez se han quedado todos a verlas venir. La esposa del policía no sabe nada, nadie le ha contado nada. Es más, cuando interroga a su marido, este se ruboriza y se pone de mal humor, y luego la manda a freír espárragos. La ha conminado —muy en serio— a no meterse en honduras que no es capaz de asimilar.

El misterio tiene a los lugareños fritos, y sumamente intrigados.

Del bailarín se sabe poco, salvo que es joven y muy guapo. Un vecino, no obstante, ha dado la pista sin saberlo, con absoluto candor. Recordaba el anciano que el año pasado el muchacho había participado en un programa de baile en televisión. Interrogado por el resto de la comunidad. ¿Cómo era? ¿Qué aspecto tenía? ¿Parecía buen chico?

—Sí —ha contestado sin vacilar—, un chico muy dulce. Hablaba como una niña.

Jamás, una frase tan simple, ha sumido a tanta gente en el desconsuelo. Las implicaciones de «hablaba como una niña» son obvias y todo el mundo —salvo el vecino, algo corto de entendederas— las ha captado de inmediato. Pero en China no existe la homosexualidad. O eso nos asegura siempre el Partido. Y dado que el *partido* nunca se equivoca...

El crimen está ahora bajo secreto de sumario. Corren muchas habladurías e hipótesis, aunque ninguna se discute abiertamente (por prudencia elemental). En cualquier caso, la más razonable apunta a que Gao Li usaba los ingresos bajo manga —*cash*— para mantener a su amante. Era el único dinero que podía utilizar sin levantar las sospechas de su mujer, que llevaba la contabilidad de la floristería y del hogar con mano de hierro. Hasta donde se ha podido saber, el joven danzarín vivía a cuerpo de rey, cubierto en diamantes como quien dice. Pero entonces, ¿por qué iba a matar a la gallina de los huevos de oro? ¿Para qué asesinar a su proveedor de riqueza? Quizá Gao Li se había hartado de él y de su codicia, a lo mejor se había enamorado de otro. En fin, nunca sabremos con exactitud qué oscuras pasiones y enredos desencadenaron la tragedia. Pero una cosa es cierta, al menos se ha conseguido que Ding calle. Ha desaparecido por completo del mapa. No más programas de televisión, no más declaraciones ni exposiciones públicas.

En la floristería, cerrada a cal y canto, ha aparecido un letrero que reza *EN VENTA*. Es un buen negocio, más aún con la propaganda que ha tenido. A estas alturas no hay quien no sepa de la tienda y sus éxitos. ¿Alguien se anima?

LOS SIN PATRIA

Barcos solitarios que navegan en el gran océano de la vida. He aquí a los nómadas. Algunas veces coinciden en algún punto remoto. Entonces acercan sus cubiertas, tienden puentes y celebran el azaroso encuentro por todo lo alto. Tras el festejo se izan los puentes. Runrunean de nuevo los motores. Las chimeneas lanzan un par de joviales sirenazos —*tuuuuuuut, tuuuuuut* — y las cubiertas se alejan. Pañuelos y manos se agitan al viento. *Adiós, compinche. Un placer conocerte. ¡Buen viaje, mejor fortuna!* Los océanos son vastos, difícil que estos bajeles vuelvan a encontrarse. La despedida es para siempre.

La metáfora de los barcos que se cruzan, de día o de noche, es muy manida. Pero se puede enriquecer. Pongamos que las superficies líquidas por las que navegan estos viajeros no contienen agua salada, ni están habitadas por peces, corales o sirenas. A cambio, lo que sí atesoran son mares de alcohol, extensas bodegas con estanterías repletas de botellas. Vino, whisky, cerveza, ginebra, ouzo, raki, grappa... Los nómadas beben. *That's a fact*. Es una de las aficiones que tienen en común y que comparten con tenaz regularidad. Suele ser un buen beber, alborotado, jocundo, copioso. El tintineo alegre del cristal para ensalzar lo ancho y rico que es el mundo. Un brindis por la vida.

* * *

Fluctuar, no pertenecer, son los atributos naturales del itinerante. Es un estado volátil –casi gaseoso– que le produce una embriagadora sensación de libertad. El expatriado goza en todas partes porque no hay atadura o nostalgia que le aprisione a ninguna. Su espíritu se ha emancipado. Corretea, suelto, por el planeta. Ojo avizor, oído atento, paladar goloso. En cada plaza hallará sustancia. Historias cómicas, paisajes fascinantes, comida sabrosa, flores perfumadas, gente encantadora. Y otros desarraigados, sus iguales. Compañeros temporales de viaje en esta aventura burlona, incierta y magnífica que es la vida.

Las relaciones entre desarraigados son llevaderas. En general, se trata de intercambios livianos, bien humorados. Basados en un puñado de intereses vitales comunes y el afán de compartir un rato agradable. Entre nómadas se evitan cuidadosamente las preguntas indiscretas. Hay un pudor implícito, no pactado pero no por ello menos respetado. Nadie indaga en las creencias profundas del otro, o en su ideología. Nadie pretende bucear en corazones ajenos.

Es un descanso. La intimidad obliga, tiene listado de deberes y derechos. Merma las energías, resulta en extremo fatigosa. Sobrepasada la juventud, esa etapa de la vida en la que uno necesita desparramar su alma a los cuatro vientos, alivia mucho no tener que hablar de temas personales.

Y en la misma proporción resulta liberador no verse sometido al escrutinio del prójimo. No confundir escrutinio con cotilleos, estos últimos son superficiales, inocuos. El escrutinio, en cambio, es una intromisión severa en la personalidad del otro. Una pulga muy molesta.

* * *

Pese a la intrínseca soledad de su condición, el nómada es sociable. Y charlatán. Ha adoptado el inglés como idioma franco, pero suele transitar por el mundo con bagaje políglota. Al igual que no quiere atarse a una sola tierra, tampoco desea entregarse a una sola lengua. Hay conceptos que una glosa expresa mejor que otra. Y los hay que existen en un idioma y no en otro. El nómada no pretende ser purista ni lingüista. Habla en «pasticcio». No tiene el menor empacho en saltar de una lengua a otra para que su interlocutor le comprenda mejor. ¿Por qué va a limitarse a la simplicidad de un sólo léxico cuando dispone de un extenso y rico abanico?

Quien prescinde de hogar no puede aferrarse a una rutina de larga estancia. A esas liturgias diarias, compromisos conservadores y pequeñas neurosis cotidianas que generan seguridad. El nómada es un funambulista que vive en el desasosiego permanente. Cuando pierde el equilibrio no tiene asideros en los que agarrarse. Sus raíces son leves, aéreas, no hay tierra que las sostenga. La libertad lleva consigo un polvorín de incertidumbre. Y de soledad. Hay que estar atento a las caídas. Pudieran ser vertiginosas.

El genuino desarraigado se opone al exiliado. Este último nutre sus orígenes, suspira por el regreso a su ecosistema natural. El primero, en cambio, atesora su condición de extranjero con esmero. Ambos caracteres se repelen e irritan. Cuando exiliado y desarraigado proceden del mismo lugar, cortocircuitan. El exiliado siente una automática identificación con quien considera su hermano y congénere. Se acerca a él, quiere incluirle en su grupo «familiar», la burbuja acogedora y tranquilizadora que ha creado lejos de su plaza de origen. Ese ágape en el que se consume comida del terruño y se desgranan las virtudes y defectos del suelo natal. El nómada es refractario, se resiste como gato panza arriba. Siente que le acorralan, y las más de las veces sale escapando —despavorido— en dirección contraria. A él le sucede todo lo contrario, el instinto le aconseja evitar todo trato con sus conciudadanos. Se ha ido, precisamente, para sacudirse de encima el yugo, la marca, de su lugar de nacimiento.

Cuando estos vagamundos hablan de los países en que se criaron, cosa que sucede raras veces, se dan situaciones desternillantes. El que nació en Inglaterra proclama que la detesta cordialmente. Odia la humedad, le aturde tanta verdura ¿Cómo?, alega el que nació en España. Pero si Inglaterra es un país encantador, de paisaje idílico. España sí es un país horrible, lleno de energúmenos vociferantes. De ninguna manera, interviene el que tiene pasaporte australiano. El jamón español es incomparable, eso solo convierte a España en un gran país. En cambio Australia es inviable, no tiene historia, solo canguros y koalas. Disiento, apunta el que nació en Alemania, la naturaleza australiana es excelsa, divina. En Alemania no hay naturaleza virgen, solo salchichas contaminadas, normas y prohibiciones. Pero Alemania es un país serio, riguroso, mientras que España... se lamenta el español. Bueno, retoma su hilo el británico, si de lo que se trata es de ingerir porquerías, Inglaterra es imbatible...

Y así suma y sigue. Son debates de besugo, por completo estériles. El nómada busca argumentos, razones, hechos, cifras, características nacionales que justifiquen su rechazo por el lugar que abandonó. Pero ningún dato o argumento sustenta –o es causa de– su voluntario desarraigo. Porque el errante es un ser ajeno *per se*. Esa, y no otra, es la razón por la que ha decidido convertirse en extranjero perpetuo, y a todos los efectos.

En última instancia, el nómada es dichoso, o desdichado, en la misma medida que cualquier otro ser humano. Con una única diferencia. Y es que él puede ser una cosa o la otra en muchos lugares, en tanto que el arraigado solo está capacitado para serlo en uno.

ESA CAUTIVADORA QUIMERA

A Gustavo, perfecto compañero de aventuras (y desventuras)

Descendimos las monumentales escalinatas de la estación de Nanjing con la vaga esperanza de acabar remojándonos los pies en el Nilo sagrado. Levantamos los ojos, oteamos el horizonte. Quizá divisaríamos un par o tres de pirámides, la silueta de la Gran Esfinge.

El fenómeno, sensación de transmigración espacial, no es raro en China. Hay algo, en la arquitectura moderna del país, que no encaja. Una distorsión de la realidad autóctona, un desplazamiento de iconografía. En definitiva, una impostura que produce desvaríos.

Poco antes nos habíamos apeado del tren. Y de súbito nos hallamos en el corazón de una grandiosa escenografía. La estación al completo semejaba el *set* de una anacrónica superproducción marca Cecil B. DeMille. Era tan irreal que daban ganas de ponerse a golpear sus paredes para ver si sonaban a hueco. El toque faraónico intensificaba aún más el espejismo. Estábamos en uno de los vastos decorados de aquella *Cleopatra* cuyo único resultado –tangible– fue el inicio del largo y tempestuoso romance Taylor-Burton.

Apenas había viajeros. Los pocos que deambulábamos por allí no pasábamos de ser un puñado de figuras diminutas, extras de quinta categoría, sobre el brillante *hall* de mármol.

Sin embargo, una de esas figuritas era clave. Sostenía un letrero con nuestros nombres. Iba a conducirnos hasta una aldea distante y recóndita en las montañas de Anhui.

China profunda, al fin.

Tan magna aventura se había gestado tres semanas antes.

—¿Tokyo o Hong Kong?

G había entrado en casa con una anunciación sorprendente. Tendría cuatro días enteros de vacaciones. Nada menos que cuatro. Repitió la pregunta.

—¿Tokyo o Hong Kong?

—Yo me voy al campo.

Estaba de asfalto, polvo y rascacielos hasta la coronilla.

—¿Al campo?

—Sí. Ya sabes. Ese lugar de color verde y marrón. Con árboles, flores, animalitos...

Me miró como si estuviera mal de la azotea. Él no concibe otro magma vital que la ciudad. Puede pasar meses, años, sin salir de sus confines.

—¿Para qué quieres ir al campo? Qué absurdo.

Trató de hacerme abandonar la idea por todos los medios. Incluidos algunos bastante rastreros. Conocía mis flacos, se concentró en Tokyo. Pero ni siquiera un futuro inmediato engalanado con *sushis* y *sashimis* logró apearme de la fijación pastoril.

Beijing me roía el espíritu. Necesitaba ver el cielo, un paisaje sin edificaciones monstruosas, una extensión de planeta libre de engorros. Tocar tierra, respirar.

Y quería conocer algo de la China rural. Estaba harta de arrastrarme de megalópolis en megalópolis.

Acabó por ceder, no sin antes gruñir lo suyo. Y lanzar augurios sombríos.

—OK. Pero lo montas tú. No te arriendo la ganancia. Vas a ver...

Su mal de ojo funcionó. Pronto quedó claro que la logística se presentaba imposible. Época vacacional para todo el país. Cientos de millones de chinos se desplazarían al mismo tiempo. No se había preparado el viaje con la antelación suficiente. Éramos dos microbios anárquicos en un pantano muy bien organizado.

Nos adaptaríamos. Ninguna necesidad de grandes periplos. Bastaba con algo en las afueras de la ciudad. Un pueblo pequeño, no necesariamente pintoresco. Pero auténtico, con granjas y campesinos. Y una posada sin pretensiones, acogedora. El equivalente chino del *B and B*, o de la *chambre d'hôtes*. ¿Tenía G alguna sugerencia? No, no la tenía. Este era mi viaje (a juzgar por su tono lúgubre, podía haber sustituido viaje por funeral). Allá me las compusiera.

Pedí consejo a amigos y conocidos. La respuesta fue alarmante por lo unánime. ¿Campo por allí cerca? No había, no existía ¿Hotelito rural? Menudo chiste.

¿Cómo que no existía el campo? Todas las ciudades del mundo entero terminan en algún momento, y entonces empieza el campo. Y a la vista de la inmensidad que nos rodeaba ¿cómo no iba a haber campo? Bien. Haberlo lo había, me concedieron. Sí. Pero donde Cristo perdió el gorro. Y con respecto al alojamiento limpio y cómodo, sencillo y familiar; el concepto no había calado en China. Quizá se pudiera encontrar una docena de estos establecimientos a lo largo y ancho del país. Muy caros, y regentados por occidentales (casados, invariablemente, con chinas).

La alternativa resultaba desalentadora. Pernoctar en hoteles paquidérmicos, feos, ubicados en las rutas del turismo masivo. Y olvídense de Benidorm. Las entusiastas multitudes en chancletas que corretean por el balneario levantino son calderilla si se comparan con las que se mueven por estos lares. Hay que venirse a China para saber lo que vale un peine en asuntos de masas. Aquí lo masivo adquiere proporciones cósmicas.

Faltaba una semana para que comenzaran las vacaciones. El campo se había convertido en una aspiración utópica. Estaba atascada. Obsesa y un punto desesperada. G ronroneaba de gusto.

Un insólito golpe de suerte acabó por sacarme del atolladero. La solución se agazapaba en un viejo artículo del *New York Times*. Narraba una bonita historia.

Años atrás, un grupo de antropólogos y etnólogos se había trasladado a una zona remota de la provincia de Anhui. El objetivo de la misión era estudiar las formas de vida autóctona en un pequeño rosario de aldeas perdidas, ancladas en un universo arcaico casi extinto. La UNESCO se disponía a declararlas Patrimonio de la Humanidad, necesitaba informes de los expertos.

Entre los miembros de la expedición había un joven, francés de Nîmes. Se llamaba Julien.

Julien se enamoró, en simultáneo, de Anhui y de una muchacha oriunda de Anhui. Y se quedó con las dos. Se casó con su amada, tuvieron un par de hijos. Luego compró una vieja casa en ruinas en uno de los pueblos menos conocidos de la región, que para entonces ya empezaba a ser famosa (culpa, en gran parte, del trepidante rodaje de una película de artes marciales que hizo taquillazos mundiales).

Siglos atrás, la casa había sido hogar de un acaudalado comerciante de té. Tenía historia y solera. La restauración, en la que participaron los habitantes del pueblo, se llevó a cabo con cariño y paciencia. Y, sobre todo, respeto por la tradición.

En un principio la vivienda fue concebida para exclusivo uso de la familia. Y es dudoso que un chino estuviera dispuesto a compartir su vida doméstica con extraños, mucho menos extranjeros. Pero Julien era francés. Y en Francia la filosofía de la *chambre d'hôtes* está muy arraigada. Convivir de vez en cuando con personas ajenas, generar un poco de trabajo y riqueza en la comunidad. Tener la oportunidad de mostrar otra cultura a gente con cierta sensibilidad. Esa era la idea.

Así nació *La Maison du Maître des Thès*.

Tai Ching, el chófer que nos iba a llevar desde Nanjing hasta la aldea, hacía honor a su nombre, que en chino significa «El Tercer Cielo». Era adorable. Un joven de unos treinta años, cordial y alegre. Relajado, sonriente. Esa clase de personas que despiden buenas vibraciones en cualquier país, continente o idioma.

Y en otro orden de cosas, resultaba muy apropiado —más que apropiado—, que alguien llamado Tercer Cielo nos condujera hacia los Sueños Elíseos (chinos).

Tras afrontar el tráfico usual y la maraña de suburbios y complejos industriales, salimos de Nanjing. Pegué la nariz a la ventanilla del coche. Como un beréber sediento en el desierto, poseída por un único anhelo.

El campo, el campo... ¿Dónde estaba el campo?

No estaba. No lo había. Viajábamos entre paisajes erizados de grúas. Plagados de maquinaria pesada, edificaciones a medias, rascacielos espectrales. Ciudades siniestras que aparecían y se desvanecían como por arte de birlibirloque. Muchas estaban vacías. Más yertas que un cadáver con *rigor mortis*.

Fue un trayecto eterno, asfixiante. Cualquier catástrofe parecía posible y, lo peor, inminente. De pronto China se había convertido en un organismo ogresco, caníbal. ¿Qué hacíamos nosotros, almas solares, perdidos en aquel averno hostil? La totalidad del maldito país era una emboscada. Implacable, y sin escapatoria posible.

Una exageración, por supuesto. Pero habíamos viajado una eternidad para huir de los rigores de Beijing. Y nos topábamos con lo mismo, solo que en más caótico y provinciano.

Tras cuatro horas de este martirio existencial empezó a aclarar el paisaje. Lo que se tradujo en un ensanchamiento anímico instantáneo. Después de todo, sí existía la Naturaleza.

Ascendíamos. Aquí y allí aparecieron bosques de bambú, repartidos en las laderas de colinas y montes. Son florestas esbeltas, con una gracia y ligereza particular. Las cañas alcanzan alturas considerables y están coronadas por penachos elegantes y altivos como el tocado de una duquesa ilustrada. No hay copas frondosas que se expandan en horizontal. Cada planta es una lanza erguida que aspira directamente a pinchar el cielo. Pero quizá lo más cautivador sean los troncos, con sus anillos rítmicos y oscuros. Y una corteza, tersa como piel de rana, coloreada por una gama de verdes tiernos, casi acuáticos.

Cruzamos por huertos y cultivos. Vimos plataformas cubiertas de charcas y arrozales. Los trazos humanos eran pulcros, prolijos. La luz, aterciopelada y tenue, tamizada por una constante calima.

Caía la tarde cuando llegamos a nuestro destino.

Albricias. Era la China de nuestras fantasías, las infantiles y las adultas. El país mágico y misterioso leído en narraciones míticas, ojeado en ilustraciones y grabados de antiguos viajeros. El imaginario encarnado en la realidad. Oriente, esa cautivadora quimera.

La aldea, pequeña pero compacta, formaba un conjunto estilizado y armonioso. Casas pintadas de blanco con techos de pagoda, ventanas de madera labradas. Callecitas estrechas y empedradas.

Un riachuelo hundido en una pequeña quebrada dividía el pueblo en dos. Los puentes que lo cruzaban eran coquetos, de piedra o madera, casi tamaño juguete.

La vegetación se agarraba a rincones, orillas, grietas. Plantas de humedad, helechos lánguidos, follajes verde oscuro. Yedras. Apenas si había color. Todo se entreveía tras un velo sutil, medio translúcido. Un pueblo tras visillos de gasa.

El día menguaba, dentro de las casas se encendían pequeños círculos de luz. Eran luciérnagas que guiaban nuestros pasos. Caminábamos entre sueños. Tierras de nadie, limbos intemporales.

Penetramos en un callejón. El fondo se abría a un patio cuadrado. Líquenes y musgo cubrían los viejos muros de piedra. Un estanque verdinegro espejeaba bajo el último resplandor plateado de la tarde. Las sombras de un fuego animado bailaban tras las ventanas de la casa. Se prendió el viejo farol que había sobre la entrada. La puerta se abrió. Una silueta masculina apareció recortada contra la luz danzarina del hogar.

Soyez les bienvenus!

* * *

Splash, splash. Nos despertó un sonido repetitivo y multiplicado, suerte de percusión blanda. Más tarde identificamos los instrumentos de esta peculiar orquesta. Eran palas de madera golpeando ropa mojada. Las mujeres hacían la colada a la antigua. En el fondo de la quebrada, acuclilladas en la orilla del riachuelo, o arrodilladas sobre piedras en mitad de la corriente.

Toda la vida de la comunidad parecía girar en torno a aquel apacible discurrir del agua. El trajín de idas y venidas al fondo del pequeño desfiladero era incesante. Subían palanganas con la colada limpia, bajaban cestos con la verdura para lavar. Cada pocos metros había pasarelas elevadas para cruzar la quebrada. Y el tránsito humano fluía, de una orilla a otra, tan constante y suave como el caudal de agua sobre el que se arqueaban aquellos lindos puentes.

Arriba, las casas estaban abiertas de par en par. Interior y exterior se fundían y mezclaban. Y ello pese a la estación. Corría el mes de Octubre, empezaba a hacer frío. Se notaba en los huesos, pequeñas punzadas de dolor, crujidos. Y se leía en la piel curtida de los habitantes del pueblo. Gente templada por el trabajo manual, y por una vida sobria, poco complaciente. Cuerpos pequeños y enjutos, duros, elásticos. No había un solo gordo en toda la aldea.

A ojos de cualquier occidental o habitante de ciudad, el lugar podía ser calificado como pobre. Pero sus residentes tenían la nutrición asegurada. Había huertos estupendos y rebaños de animalillos orondos trotando —aleteando, nadando— por doquier. En las calles, en el río, en los patios. Gallinas lustrosas, gallos gallardos. Ocas y gansos de plumaje limpio y panzas repletas. Gatos bien nutridos. Patos felices. Humedad. Agua, mucha agua.

Hombres y mujeres se ocupaban de su quehacer diario. Nos sonreían con gentileza distante, discreta. Y seguían en lo suyo. No despertábamos demasiado interés, tampoco sorpresa. El exotismo de tener a un francés viviendo entre ellos les habría curado de espanto. Como el de ver a algunos bárbaros occidentales paseando por sus calles. Narices deformes, bocas raras, pies grandes y cuerpos desmañados. Sí, así es como nos perciben.

***

En tiempos de la dinastía Ming (1368-1644), la aldea gozó de una economía floreciente. Y fue, al igual que los pueblos vecinos, un centro mercantil de importancia. Más tarde, el comercio decayó y la región se sumió en el olvido. Que los restos de sus esplendores pasados permanezcan se debe enteramente al avatar que supuso esta pérdida de poder e influencia. Para cuando llegó el siglo xx la zona era tan pobre y estaba tan alejada de las rutas habituales que la Revolución Cultural la pasó por alto. Y así fue como se libró de la destrucción y el allanamiento que padecieron otros parajes menos afortunados.

El descuido revolucionario se podría definir como un regalo del destino. Aunque quizá sea prudente no aventurar en exceso sobre los anhelos del prójimo. Es posible que, puestos en la tesitura adecuada, los moradores de este pueblo, a nuestros ojos tan bello, hubieran elegido vivir en bloques de cemento con cocinas y baños modernos. Y sería temerario juzgar al respecto. Solo ellos saben si este anclaje en su *modus vivendi* tradicional les ha supuesto mejoras, más bienestar.

En cualquier caso, es indiscutible que el mundo de la cultura sí ha salido ganando con la preservación de un patrimonio que es un tesoro precioso. No solo por su belleza artística, sino también por la rareza. Esta aldea, y sus compañeras de región, son singulares porque conservan, intacta, la arquitectura de Huizhou, considerada la única de origen «puramente» chino (otros tipos de construcción tendrían orígenes étnicos diversos). Apenas si hay otras.

Las antiguas viviendas de los mercaderes acaudalados son aristocráticas en el mejor sentido de la palabra. Poseen esplendidez, acompañada de dignidad y porte. Las de más empaque fueron construidas alrededor del año 1600, y su distribución es similar. Patios interiores, llenos de macetas y plantas, y estanques con peces, que se abren a diversas estancias señoriales en las que aún cuelgan retratos de los ancestros. Espacios aireados, techos altos y holgados. Casi todas las superficies de madera y de piedra están labradas con intrincados dibujos orgánicos. Flores, pájaros, follajes, árboles. La suntuosidad decorativa es notable pero no produce el agobio habitual de lo recargado. Probablemente porque es una ornamentación hermanada a una arquitectura muy sobria. Fachadas y muros blancos, techos de piedra en forma de pagoda. Líneas puras, armónicas.

No hay aquí restauraciones relamidas o cursis. De hecho, no hay restauraciones de ninguna clase. Los descendientes de aquellos acomodados mercaderes son personas sencillas. Viven en el interior de estos palacios destartalados con absoluta naturalidad. Y es seguro que sus ancestros disfrutaron de una vida mucho más cómoda y muelle que la de ellos. Hoy por hoy, su único lujo es la hermosura que les rodea. La valoran y aprecian.

De la mano de Julien entramos en algunas de estas antiguas casas señoriales. Son frágiles como alas de libélula. Invitan al cariño, al murmullo, a la contemplación silenciosa. Y a caminar de puntillas sobre los crujientes pisos de maderas centenarias.

Tienen el aroma tranquilizador de la tradición, de la vida que fluye sin rupturas. Infunden gran respeto. Se comprende, casi como una asunción, que estos muros estén habitados por personas amables, nobles. Otra cosa sería incongruente.

En una de estas viejas mansiones vive un artesano maravilloso. Hace pinceles, nada más que pinceles. Pero, caramba, qué pinceles. Confeccionados con maderas preciosas, astas y hueso. Los hay de tamaños gigantes y también diminutos. Las brochas son plumeros de pelos de marta, o de nutria, zorro, o de ratón. Cada pelo de animal es útil para una técnica pictórica o caligráfica exacta. Su preparación y ensamblaje demandan un trabajo milimétrico, acometido con precisión de laboratorio. Nada es baladí.

El artesano de los pinceles goza de mucha reputación. Grandes pintores chinos le encargan piezas únicas, exclusivas, a las que dedica meses de trabajo y que luego valen auténticas fortunas. También tiene clientes extranjeros. Y cuenta la leyenda —será verdad— que la actriz Juliette Binoche, aficionada a la caligrafía china, habría llegado un buen día hasta aquí para visitarle. Y que desde entonces cada año se hace enviar un pincel especial a París.

Ni los turistas occidentales ni los chinos suelen recalar en esta aldea escondida. Antes hay otras, de más relumbre, que desvían su atención. A cambio de esta pérdida —o ganancia, según como se mire— el pueblo cuenta con numerosos visitantes juveniles. Son estudiantes de Bellas Artes de la provincia. Bandadas de chicos y chicas, leves como golondrinas alegres, que llegan en autobús, acompañados por sus maestros. Acarrean pequeños taburetes de junco plegables, más los caballetes, las pinturas y brochas. Y se apostan en cualquier esquina del pueblo o a la vera de la corriente de agua. Desde allí estudian sus fuentes de inspiración con ojos entornados. Blanden paletas, pinceles. Trabajan con perseverancia y entrega. Los profesores, entre tanto, hacen la ronda. Van de caballete en caballete. Revisan los trabajos, apuntan un error aquí, una mejora allí.

Vimos a estos estudiantes cada día. Resultaba llamativo que todos pintaran lo mismo, y además de idéntica manera. El mismo árbol nudoso, el mismo templo, idéntica esquina pintoresca. Como una suerte de eco que se repitiera tantas veces como chavales había, la imagen se multiplicaba y reproducía, una y otra vez, sin apenas variaciones. Salvo, o eso nos pareció, las que se derivaban de las enseñanzas de sus respectivos maestros. Y tampoco eran muchas, solo matices.

La conclusión, obvia, es que estos aspirantes a artistas siguen al pie de la letra el mandato de sus profesores. Sin apartarse de la senda marcada. De ahí la intachable técnica de sus trabajos. De ahí, también, la ausencia de creatividad, de chispa personal. Un único estilo, el que imprime el maestro, que a su vez ha seguido la huella que le dejó otro maestro, que a su vez...

Como uno de esos ríos que desaparecen y reaparecen a intervalos, así es Confucio en la vida china. Es el preceptor que reinstaura la santidad de la tradición, su transmisión mediante la enseñanza. Discurren los tiempos. Sin cortes abruptos, sin virajes bruscos. En armonía, con respeto hacia la jerarquía. Dirigentes y doctores, mentores, sabios.

Pocas semanas antes de viajar a Anhui, habíamos asistido a la inauguración de una fabulosa muestra de arte plástico en Beijing. Un disfrute para los ojos. Vimos obras espléndidas, de una maestría técnica que cortaba el hipo. Sin embargo, el relato personal carecía de potencia. Y los estilos eran de una monotonía asombrosa. Una abrumadora mayoría de autores seguía la pauta establecida por los artistas occidentales del siglo XIX y XX. Y el resto, la línea trazada por la tradición clásica china. Pero sin evolución, como calco exacto. Sus obras podían haber sido realizadas en el siglo XV, el XVIII o el XX, daba igual.

Algunos amigos doctos aseguran que en estos momentos China busca, desesperadamente, hallar una voz propia en arte. El país ha conseguido convertirse en un referente económico, ahora quisiera también adquirir peso en lo cultural. China desearía hacer historia, no solo con sus dineros, sino también con su cultura. Pero para ello necesita una voz propia, una voz que sea ajena a Occidente.

El asunto se debate en las universidades y en los foros culturales del país. Intelectuales y artistas experimentan, analizan, reflexionan. El violento y categórico desgarro con el pasado que supuso la Revolución Cultural les ha dejado algo huérfanos. No se dio una progresión natural de la tradición clásica china hacia el vanguardismo. El arte de vanguardia Maoísta no es una creación china. Al igual que su arquitectura, es de inspiración soviética, realismo socialista a la rusa. Hay, pues, un vacío, una disrupción.

El dilema parece bastante insoluble, al menos por el momento. Cabe sospechar que no se solucionará con facilidad. Pero sería muy interesante retirar a Confucio de la escena y ver qué sucede entonces.

La obediencia ciega mata el arte. No es plausible una evolución artística sin rebeldía, transgresión y cambio generacional. Y sin un poco de caos y locura. Palabras, ambas, que aquí son anatema. Por el momento.

El adorable Tercer Cielo nos había sacado de paseo.

Salimos del pueblo y enfilamos hacia una de las montañas vecinas. Arriba, en su cumbre, se levantaba una pagoda antigua muy bella. Alta y erguida. Estrecha, estilizada. Varios pisos, sin ascensor y de camino a los imperios celestiales. No es que nos dispusiéramos a entrar en ella. Por alguna razón, religiosa o pagana (o ambas; no me acabó de quedar claro), la pagoda estaba ahí para ser admirada pero no tocada. Mucho menos visitada. De hecho, sus alrededores, un radio de unos trescientos metros, se consideraban terreno sagrado, tabú. Que no se podían pisar, vaya.

Poco importa. Teníamos un buen pretexto para estirar las piernas y husmear por los campos de las cercanías.

Un paseo delicioso. Dejamos atrás multitud de huertas llenas de coles rizadas y futuros cultivos de invierno. Bordeamos charcas grandes repletas de aves simpáticas que chapoteaban entre cañas de bambú. Después nos internamos en un bosque de coníferas.

Iniciamos la subida en dirección al templo por un sendero estrecho y medio asilvestrado. La cuesta era empinada, pronto nos despojamos de chaquetas y anoraks. Todo iba bien. Hasta que nos dimos de bruces con el búfalo, un macho voluminoso, imponente.

Nos detuvimos los tres en seco. El animal bloqueaba por completo el camino. Miramos a nuestro guía. Era responsable de la expedición y estaba en su territorio natural. Él sabría cómo sacarnos del atolladero.

El Tercer Cielo comprendió perfectamente el mensaje. Dio unos pasos —cortitos, de trámite— hacia el bicho. Y le dedicó un par de gestos ahuyentadores al tiempo que emitía unos cuantos *fus* casi en susurros. En conjunto fue una actuación tímida, muy poco convincente. También lo debió creer así el búfalo, no solo no se movió sino que apenas le miró. De hecho, tenía los ojillos clavados en el anorak que G llevaba colgado del brazo. Era un anorak espantoso, sacado de un centro comercial aún más espantoso. Tenía un color rojo chillón, estridente.

Pasaron unos minutos y no pasó nada. Impasse total.

—Te dije que no compraras ese anorak.

Mejor me hubiera callado. G tiene mucho amor propio, el reproche le picó. No se le ocurrió otra genialidad que desplegar la prenda roja y agitarla frente al animal.

El Tercer Cielo captó la relación al instante. Nos sabía españoles, de algo le sonaban los toros y la fiesta nacional. Aplaudió, con risas y gestos claramente alentadores.

Lo que nos faltaba. No es que la chulería de G necesite de mucho estímulo para activarse, pues se dispara sola que es un primor. Pero seguro que el soporte moral del Tercer Cielo fue decisivo. Y mis imprecaciones horrorizadas —*¿te has vuelto loco? ¡para ya!*— no ayudaron a que se restableciera la sensatez. Más bien lo contrario.

La iniciativa taurina siguió adelante. G alzó el anorak a modo de capote, lo hizo revolotear, se lo pasó por las narices al animal. Ahora contaba con la asistencia del Tercer Cielo. El espíritu de la fiesta había contagiado a nuestro guía celestial.

En un principio, el búfalo se mostró perplejo y algo desorientado ante aquellos torbellinos de bermellón. Pero pronto comenzó a intuir que se le estaba tomando el pelo. Y no le gustó en absoluto. Levantó la pata derecha, comenzó a golpear el suelo con las pezuñas. Llegados a este punto, decidí que lo mejor sería emprender una retirada táctica.

Me subí a lo más alto de un peñasco cercano y dejé que los caballeros gestionaran el problema. Al fin y al cabo, ellos lo habían creado. Mucho mejor, y razonable, contemplar la faena desde la barrera. Pena no tener algunos claveles a mano, los habría lanzado al ruedo con mucho gusto. Acompañados por los besos que marca el protocolo.

La furia, aún contenida, del búfalo no arredró a los toreros. Menuda diversión. Se lanzaban el anorak-capote el uno al otro, daban pases, hacían floreos. G le enseñó a decir *olé* al Tercer Cielo y este repetía la palabra sin cesar. Lo que demuestra que, en cuestión de tontería y testosterona, los varones chinos no difieren de los occidentales. Si a las mujeres nos hermana la biología —léase maternidad— a los hombres los unen las bravuconadas.

El animal seguía taladrando el suelo con la pezuña. Miraba, alternativamente, el anorak rojo y a los dos tipejos que le incordiaban. Parecía cada vez más enfadado. Hasta que se hartó y montó en cólera. Estaba el Tercer Cielo canturreando un encadenamiento de salerosos *olés* cuando fue interrumpido por un bufido feroz. El búfalo bajó la testuz, se dispuso a embestir. Y los dos gallardos toreros pusieron pies en polvorosa. Escalaron mi peñasco como si llevaran cohetes en el trasero, en un abrir y cerrar de ojos los tenía sentados a mi vera. El anorak rojo de G quedó abajo, tirado en el camino.

Magnífico. Allí estábamos ahora los tres. Embarrancados en la cumbre escarpada de una roca. Un poco más arriba, los cinco pisos de la pagoda nos contemplaban con desdén. Un desdén más que merecido.

Tras patear, morder y lamer un rato el capote, el búfalo consideró agotada la novedad. Se dio la vuelta. Nos mostró su espléndida grupa y se alejó, monte arriba, con aires de majestad ofendida.

Descendimos cautelosamente de nuestro refugio. G se precipitó a recoger los restos de su anorak rojo. Había quedado inservible, hecho trizas. Por algún motivo incomprensible le tenía apego a la horrible prenda. Sus lamentos se escucharon por todo el valle. Y al Tercer Cielo le dio un ataque de hilaridad incontenible.

Descendíamos. Se abrió el bosque. La aldea se ovillaba a los pies de la colina. Seguía arropada por un velo tenue que frenaba cualquier entrada de luz excesiva. Tenía un aspecto tan apacible que parecía somnolienta, casi sedada. Se me ocurrió que era la perfecta antítesis de nuestros resplandores mediterráneos. Son tan vibrantes que deforman. Ciegan sus brillos, la saturación intensa de los colores. Aquí, en cambio, no había ningún fulgor. Ni un solo exceso cromático, ni un tono chillón. En cierto modo, aquel era el pueblo más aristocrático y refinado que había visto en mi vida.

Me agaché a robar las semillas a una flor ya seca. Una planta fuera de lo común que desconocía. De tallo sonrosado, follaje verde pálido, y una florescencia fucsia de aspecto rugoso, textil.

Penetramos de nuevo en las callejuelas estrechas. Nuestra última tarde.

De nuevo aquel curioso signo chino pintado en la fachada de una de las casas. Me había llamado la atención ya el primer día. Era un ideograma que se repetía de modo constante. Como una melodía secreta que reverberara aquí y allí. Surgía tras doblar una esquina. Se escondía al fondo de un patio. Rebrotaba tras una hiedra fuera de control. Siempre en negro sobre blanco, flotando por encima de las plantas y el verdor.

Se lo señalé al Tercer Cielo. Dijo algo que no comprendimos. Luego sonrió de oreja a oreja. Pero el Tercer Cielo siempre sonreía, su sonrisa no despejó el enigma.

Tendríamos que preguntarle a Julien.

FELICIDAD

A Julio, que me enseñó a mirar el mundo,
y viaja conmigo

Cuando regresamos del paseo a la pagoda el fuego del salón ya ardía con júbilo. Las noches llegaban húmedas y frías. Se agradecía la cálida bienvenida.

Así había sido a diario. El discurrir de la *Maison du Maître des Thés* era amable, conciliador.

La caída de la tarde marcaba el inicio del intercambio social. Una reagrupación hogareña; el anfitrión, los visitantes foráneos, algún vecino amigo.

Nos reuníamos frente a la chimenea que presidía la estancia principal. Una habitación acogedora, sobria y bonita, abierta como un pequeño refectorio monacal. Paredes desnudas blancas, cortinajes y tapicerías de color azul oscuro. El suelo estaba cubierto con losas irregulares de piedra. La carpintería tenía el lustre desgastado y seductor del uso continuado. Viejas ventanas de madera enrejada y labrada. Techos ensamblados con vigas ilustres. Todo, en aquel cuarto, era antiguo y noble. Y chino. Tan solo dos concesiones a la modernidad y a Occidente. El Wi-Fi y el aperitivo.

El aperitivo, hora de agradable expectación en todas partes. Y en Anhui una bendición inesperada, francamente exótica. Un exotismo sumado a lo exótico, podríamos definirlo así.

Los ajetreos del día habían finalizado. Tiempo de recogerse. Llegaba ese momento mágico que precede al descanso. Un breve anticipo comestible, la primera bebida. El panorama que se avistaba

en la mesita frente al fuego invitaba a una relajación inmediata. Whisky escocés, cerveza china. Frutillas saladas, pipas de girasol. La botella de Ricard, y ¡hasta un platito lleno de aceitunas! Ecos del Pays d'Oc en Anhui...
—*Un petit pastís?*

Sonaron unos golpecitos en la puerta de entrada. Y entró la voz familiar y alegre. Era nuestra anciana vecina, puntual como siempre. En una mano llevaba a su nieto pequeño, en la otra, un gran cesto cubierto con telas floreadas. La cena.

¿Con qué manjares obsequiaría hoy a sus comensales? En anocheceres anteriores nos había embelesado con una deliciosa serie de platitos diversos. Muchas cosas, poca cantidad. Un menú ideal para picotear con los palillos. Forzosamente había que llevarse a la boca pequeñas cantidades en vez de bocados de Pantagruel. Lo escaso de la cantidad acrecentaba el gusto, excitaba el paladar. De tal manera que saboreamos cada una de aquellas menudencias como si fueran el último manjar de nuestras vidas. Siempre se trataba de exquisiteces. Pedacitos de pecho de ganso, verduritas salteadas. Patas de gallina, setas picantes. Tofú cocinado de varias maneras. Qué gran cocinera y ¡qué sofisticada!

Copa en mano, un hueco en la conversación. Aquel era el momento adecuado. Le pregunté a Julien por el significado del signo visto tantas veces en las calles. Sonrió, primero en silencio. En la chimenea se derrumbaron un par de troncos que desataron un volcán de chispas. Se levantó para reacomodar el fuego. Contestó entonces.
–*Bonheur. Happiness.*
Me quedé atónita. No sé qué esperaba. Cualquier cosa menos esta.
¿Felicidad? ¿en esta aldea extraviada y humilde de China?

Como un relámpago, me vino a la mente otro pueblo. Acomodado, laborioso. Miles de kilómetros más al poniente, allí donde me crié. A nadie –mucho menos a las autoridades– se le hubiera ocurrido escribir esa palabra en ningún muro, ni en parte alguna. Invocar «Prosperidad», seguro que sí. «Felicidad», definitivamente no. Aspirar, en mayúsculas y de modo repetitivo, a la Felicidad, parecería una suerte de despilfarro, un dispendio inútil.

Crujieron las ventanas de madera. Afuera soplaba el viento, debía hacer un frío de consideración, quizá ya estuviera empezando a helar. Pero en el interior de nuestra hostería las llamas crepitaban sin desmayo. Su amplio círculo de luz nos envolvía con cariño.

G, apoltronado con el vaso de whisky, se había enzarzado en conversación animada con Julien. Un poco más allá asomaba la cabeza menuda del Tercer Cielo. Estaba sentado en un banco de madera apoyado en el muro. Hablaba por los codos. A juzgar por los gestos, narraba el ridículo percance del búfalo a la cocinera. La anciana, sentada a su lado, cloqueaba sin cesar, y los cuatro dientes que le quedaban destacaban en la penumbra. Sostenía al nieto en el regazo. El niño la observaba con esa mirada solemne y cómica tan propia de la primera infancia.

Sobre la cercana mesa del comedor nos aguardaban no menos de quince boles vaporosos. El humo de las viandas caracoleaba y subía, se metía en las grietas de las venerables vigas. Sus aromas llegaban hasta el sofá.

El frescor anisado del *pastís* distraía el hambre, dilataba las delicias del momento.

Estampas de bienestar invernal. Paz, luz, calor, armonía.

¿Felicidad? Sí. Era esto. Allí estaba. Con nosotros. En aquella aldea sencilla, colgada de una montaña en una China ajena, distante.

Pero también en el Beijing inhóspito.

Felicidad en la habitación de color verde jade, y en la sonrisa gentil de las mujeres del *hutong*. En los voluntariosos jardines de la ciudad, en la risa de las muchachas que bailan bajo el primer copo de nieve. En la belleza, tozuda y modesta, de los objetos cotidianos. En la suave caricia de las lianas que penden de los sauces llorones.

Felicidad.

La invocación de la aldea era sabia. Y se expresaba con una plasticidad literal. La Felicidad acecha tras cualquier esquina. Escondida bajo la vegetación enmarañada. Agazapada en el fondo oscuro de un patio. Aguarda. Nos aguarda.

Todo consiste en saber reconocerla.

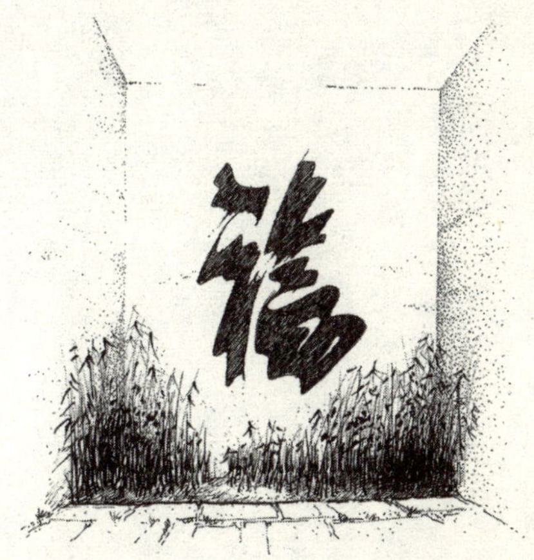

Beijing, otoño del 2014
Κάτω Ρίγκλια, verano del 2105